キグナスの乙女たち

新・魔法科高校の劣等生

Cygnus Maidens
The irregular at magic high school

佐島 勤

イラスト
石田可奈

イラストレーターアシスタント
ジミー・ストーン、末永康子

十《じゅう》文《もん》字《じ》アリサ

第一高校一年A組。
風紀委員、クラウド・ボール部。
ロシア人の母親譲りの金髪碧眼の少女。
得意魔法は十文字家の秘術、
『ファランクス』。

遠《とお》上《かみ》茉《ま》莉《り》花《か》

第一高校一年A組。
風紀委員、マーシャル・マジック・アーツ部。
太ももがむっちりしているのがコンプレックス。
得意魔法は『十神』の固有魔法
『リアクティブ・アーマー』。

仙《せん》石《ごく》日《ひ》和《より》

第一高校一年C組。
クラウド・ボール部。
派手目の見た目で、言いたいことは
はっきりと言う性格。

五《い》十《そ》里《り》明《めい》

第一高校一年A組。
生徒会、陸上部。
首席入学の才女で、CADの知識も豊富。
メガネは視力矯正用ではなく、
AR情報端末。

永《なが》臣《とみ》小《こ》陽《はる》

第一高校一年C組。バイク部。
実家は魔法工学メーカー
『トウホウ技産』の共同経営者。
ぽっちゃり体型を気にしていて、
茉莉花と同じ悩みを抱えている。

※クラスは 2099 年 1 学期定期試験終了時のもの

キグナスの乙女たち

新・魔法科高校の劣等生

Cygnus Maidens
the irregular at magic high school

魔法、部活、それから恋。
新たな出会いに胸をふくらませて
二人の少女が入学するとき、
魔法科高校に新たな風が吹き抜ける——。

author.
佐島 勤
illustration.
石田可奈

4

九校戦とは

いよいよ九校戦だね！　楽しみだなー!!
今年はどんな競技があるんだっけ？

九校戦は全国に9つある魔法科高校が魔法競技で
競い合う大会よ。
今年は、ロアー・アンド・ガンナー、
アイス・ピラーズ・ブレイク、
スピード・シューティング、クラウド・ボールの
4種目のソロとペア（新人戦はペアのみ）、
モノリス・コード、ミラージ・バットの本戦10種目、
新人戦六種目で行われるみたいね。

あたしはミラージ・バット新人戦の選手候補、
アーシャはクラウド・ボール新人戦の選手なんだよね。
九校戦は夏の魔法科高校生の一大イベントで、
出店とかもいっぱい出るんだよ。何食べようかな～。

ミーナったら……。

魔法スポーツ
〜ミラージ・バット〜

ミーナが練習をしているミラージ・バットって
どんな競技なの？

ミラージ・バットは、空中に投影された
ホログラム球体に魔法を使って近づいて、
スティックで打つ競技だよ。
女子だけの競技でかわいい衣装を身につけるから
『フェアリー・ダンス』なんて
呼ばれたりもしているよ。

可愛らしいミーナにぴったりの競技ね。

アーシャったら……。

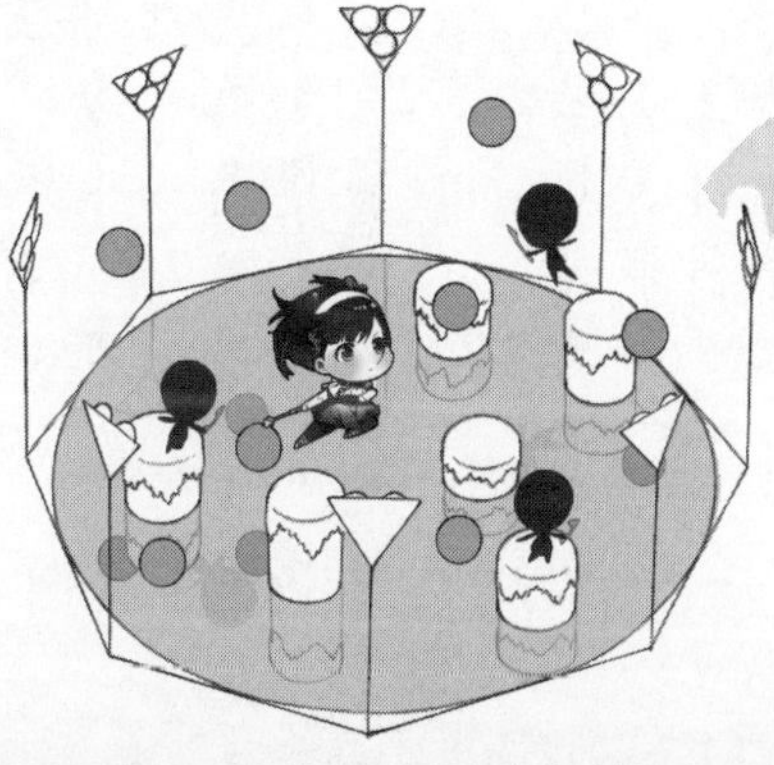

【序】大人の思惑

この国には『元老院《げんろういん》』と呼ばれる非公式の権力組織がある。またの名を『玄老院《げんろういん》』。十九世紀、帝国議会開設前に『元老院《げんろういん》』という同名の立法機関が存在したが、現代の元老院《げんろういん》はその後継機関ではない。憲法外機関だった『元老《げんろう》』とも無関係だ。

元老院《げんろういん》では『四大老《しだいろう》』と呼ばれる四人が特に強い権力を持っている。政治権力の裏構造に詳しい者たちの間では元老院《げんろういん》＝四大老《しだいろう》と考える者も少なくない。だがその四大老《しだいろう》だけでなく、他の元老員《げんろういん》――元老院《げんろういん》の構成員――も「政界の黒幕」と呼ばれるに足る、隠然たる権力の持ち主だった。

元老院《げんろういん》は「院」と呼ばれているが、定期的に開催される会議は無い。何かを決議するということもない。そもそも制度化された組織ではなく、意思を一本化して何かに取り組むということはない。似たような立場にある者たちの懇親会、意見交換会という性格が強い。

この夜、某所で持たれた会合も元老院《げんろういん》の全員に通知されて開催されたものではなかった。それどころか半数も参加していない。元老院《げんろういん》の中の、親しい者同士の小規模な宴会――ただし酒も肴《さかな》も超高級品――という類のものだった。

「……そろそろ本題に入りましょう」

一通り珍味を堪能《たんのう》したところで、この席の最年長者がそう切り出した。

「入道閣下のお気に入りの件ですな」

円卓の対面に座る老人がそう応じる。

「戦力としては、確かに申し分ない」

「ただ問題はその力が個人のものという点にある、でしょう？」

参会者から次々に声が上がった。

元老員《げんろういん》は過半が五十代後半以降の老人だが、中年の男性も熟年の女性もいる。――さすがに青年や少女はいない。しかしこの会合に出席しているのは、六十歳を過ぎた老人ばかりだった。

「そのとおりです。あの青年の愛国心は取《と》り敢《あ》えず横に置くとしても、あの者の身体《からだ》は一つしかありませんし、不死身というわけでもないでしょう」

「不死身に近い自己治癒力を備えているようだが？」

「それでも人の身であれば、何時《いつ》かは死にます。我々と同じように」

「それに一人の人間は同時に二箇所に存在できない。八面六臂《はちめんろっぴ》にも限界がありましょう」

「力の集中が望ましくないのは個人に限った話ではありません。あの者が表舞台に登場して二年、その間に十師族《じゅっしぞく》は四葉《よつば》一強になってしまった」

「今、何らかのアクシデントであの者が倒れたら四葉家《よつばけ》もただでは済みますまい。十師族《じゅっしぞく》も上手《うま》く機能しなくなる可能性があります。千丈の堤も蟻《あり》の一穴より崩れると申しますが、蟻《あり》の穴どころではない綻びが生じることになります」

「ただ一人の身に不測の事態が生じただけで、国防体制が揺らいでしまうということか」

「魔法は戦力として無視できない。この状況を踏まえるならば、十師族《じゅっしぞく》に代わる魔法師戦力を早急に育成する必要があると考えますが、どうでしょうか」

この問い掛けに、賛同の声が次々と上がる。

逆に、反対の声は無かった。

【1】　九校戦前

二〇九九年も七月半ばになった。国立魔法大学付属高校はもうすぐ夏休みを迎える。第一から第九まで、北も南も年間スケジュールは同じだ。

北陸の第三高校、東北の第五高校はともかく、北海道の第八高校は夏休みを短くして冬休みを長くする方が良《い》いのではないか、という議論は以前から何度も交わされているが、今のところ魔法科高校九校は日程で足並みを揃《そろ》えている。

変更派にも現状維持派にもそれぞれの主張があり合理性があって、どちらが正しいとは一概に言えない。ただ少なくとも夏休みに魔法科高校共通の行事を入れる為《ため》には、年間スケジュールは統一されている方が都合が良《い》い。

国立魔法大学付属高校全九校が参加する夏の一大行事。

『全国魔法科高校親善魔法競技大会』――通称『九校戦』の開幕まで、残すところ半月となっていた。

七月十八日、土曜日。夏休みまであと一週間。

定期試験は終わっている。今月は月例実技試験も無い。校内は長期休暇を前にした高校生らしく浮ついた空気に包まれている――かと言うと、そんなことにはなっていなかった。

校内を沸き立たせている熱気の源は、九校戦に挑む生徒たちの真剣な熱意だ。

今年の九校戦はロアー・アンド・ガンナー、アイス・ピラーズ・ブレイク、スピード・シューティング、クラウド・ボール四種目のソロ及びペア（新人戦はペアのみ）に加えてモノリス・コード、ミラージ・バットの本戦十種目、新人戦六種目で行われる。

そして既に本戦、新人戦のミラージ・バットを除く十四種目の競技で代表選手は決まっていた。今は選手に選ばれた生徒と選手をサポートする技術スタッフが、校内の各所で実戦形式の練習を繰り広げている。

「アーシャ、頑張って！」

校庭に臨時設置されたクラウド・ボールコートでは、新人戦の選手に選ばれたアリサが練習試合を行っていた。コートを囲む透明な壁のすぐ外では、茉莉花《まりか》が本番さながらの声援を送っている。

アリサのパートナーは日和《ひより》、対戦相手は一年生の男子。クラウド・ボール部には男子部員がいないので、一年生男子の中からスピードとスタミナに優れた生徒を選び出した即席ペアだ。

男子の二人は両方ともクラウド・ボール未経験。対戦しているアリサもプレイ歴でいえばまだ三ヶ月と少しでしかないが、たったそれだけの経験でも全くの未経験者相手には大きなアドバンテージになる。それがあるから体力に差がある男子選手と互角に試合ができていた。

九つのボールが目まぐるしく飛び交う。ダブルスは使用されるボールの数が変わらず人数が倍になっているので、シングルスに比べて選手には余裕ができる。その分、攻撃に力を割ける。

クラウド・ボールのダブルスはシングルスより攻撃的になるという特徴があった。

「残り一分！」

声援を送っているのは茉莉花《まりか》だけではない。この声は日和《ひより》のクラスメートのものだった。

「アリサ、お願い！」

その声を待っていたのだろうか。日和《ひより》はボールの一つをラケットで打ち返しながらアリサに向かって叫んだ。

アリサは返事の代わりに、一つの魔法を発動する。

直径一メートル前後の小型魔法シールドが空中に発生し、相手コートから飛んできたボールを跳ね返した。

対戦相手の男子が焦《あせ》りを見せる。アリサが発動した魔法が何か分かったのだ。そしてその魔法が使われると自分たちは手も足も出なくなるという展開を、ここ数日で思い知らされているからだった。

一球だけではない。アリサ側のコートへボールがネットを越えてくる度《たび》に、空中にシールドが形成されボールを男子コートへ跳ね返す。

アリサが発動している魔法はマルチスポットシールド並列生成魔法、［防御型ファランクス］亜種［ペルタ］。

ベクトル反転・加速の性質を与えられたシールドは、ボールのスピードを二倍にして跳ね返す。

「任せろ！」

対戦相手の片方がラケットと、ラケットを持っていない手の指で二つのボールを指差した。

そのボールに停止・加速・重量低減の魔法が発動する。

空中で停止したボールがネットすれすれを越える軌道で弱い加速を与えられる。まるで風船のような飛び方は重量低減――質量ではなく地球重力との相互作用の低減――によるものだ。

その結果、ボールはテニスで言うドロップショットの軌道を描く。

その間にも三球が男子サイドに打ち返されていた。男子選手は一球をラケットで、一球を魔法で返し、もう一球はワンバウンドしてから魔法で返した。

フワッとネットを越えたボールはその直後、猛スピードで打ち返される。アリサが反射の加速値を倍率ではなく定数に変更したのだ。

その後も男子はスローダウン戦法で失点を防ごうとするが、跳ね返されるボールのスピードに試合のペースを落とせなかった。

「お疲れ～」

男子ペアを下したアリサを茉莉花《まりか》が笑顔で迎える。ダブルスだからコートに立っていたのはアリサだけではないのだが、パートナーの日和《ひより》は小陽《こはる》からタオルを受け取っていた。

「アリサ、どんな感じ？」

茉莉花《まりか》に汗を拭いてもらっているアリサに、明《めい》が声を掛ける。

「うん、今までで一番良《い》い感じ」

二人が話しているのはアリサが使っているCADのことだ。この試合でアリサが使っていたCADは明《めい》が調整した物だった。

九校戦の代表は選手だけではない。CADを始めとする、試合に必要となる様々な道具を調える技術スタッフも生徒の中から選出される。

明《めい》は入試を首席で突破し四月、五月の月例実技テストで一年生トップ、六月末から七月頭に掛けて実施された定期試験でも総合成績、実技成績どちらもトップの成績を収めている現在の一年生実力ナンバーワンだ。

当然、彼女は選手に選ばれた。種目は新人戦ミラージ・バット。この競技については三人の候補者の中から練習の結果を見て二人の代表選手を選ぶことになっているが、明《めい》は最初から上級生の間で当確視されていた。

しかし彼女自身の希望は技術スタッフだ。明《めい》は既に将来の進路を魔工師と決めている。また九校戦に関して言えば、彼女が強く憧れている司波《しば》達也《たつや》が一年生の時に技術スタッフとして華々しいデビューを飾っており、それに倣《なら》いたいという気持ちが強かった。

学校によっては選手と技術スタッフの兼務を認めているところもある。だが一高は選手と技術スタッフをはっきりと分けていた。明《めい》に求められているのは選手として試合でポイントを稼いで勝利に貢献することだった。

だからアリサのＣＡＤに手を加えたのは、上級生に内緒でやっていることだ。新人戦クラウド・ボール担当の技術スタッフである小陽《こはる》にアドバイスするという態《てい》で、実際の調整作業にも手を出していた。

もっとも、生徒会長の詩奈《しいな》を始めとする上級生は明《めい》がやっていることに気付いていた。明《めい》は隠しているつもりだったがその実、黙認状態だったというわけだ。

「特化型ＣＡＤで「ペルタ」を使う明《めい》のアイデアは当たりだと思う」

アリサが笑顔で明《めい》を褒める。アリサも明《めい》の逸脱行為がバレているとは知らないので、あくまでもアイデアを出しただけというように発言にも気を使っていた。

アリサの讃辞《さんじ》に明《めい》も笑みを浮かべたが、その笑顔は何処《どこ》となく不満げだった。

「本当は起動式の最適化までできれば良いんだけど……。今の私じゃ、そこまで手が届かないわ。口惜《くや》しいけど」

明《めい》は自分の仕事に満足できていないようだった。自分の限界に対する不満がアドバイスをしただけという演技を忘れさせている。

「起動式の最適化なんて、そんなに簡単にできるものじゃないと思うけど？」

「そうですよ、明《めい》さん。汎用型向けの起動式を特化型向けにアレンジするだけでも十分凄《すご》いことですよ」

横から口を挿《はさ》んだのは茉莉花《まりか》と小陽《こはる》だ。明《めい》はCADの調整をしていないという設定を失念しているとしか思えない会話に、アリサは少しハラハラしていた。──もっとも誰かに聞かれたとしても、前述の理由で叱られたり責められたりすることはないのだが。

「……そうね。いきなりあの方と同じ真似《まね》は、高望みのしすぎかも」

「あの方って、い、いや、また司波達也《しばたつや》先輩のこと？」

諦めのセリフを何故《なぜ》かうっとりと呟《つぶや》いた明《めい》に、茉莉花《まりか》が呆《あき》れ顔《がお》で訊《たず》ねる。

「ええ、そうよ！」

明《めい》は目を輝かせて答えた。まるでその質問を待っていたかのような勢いだった。

「高校一年生にして新しい魔法を開発とか照準補助システムを汎用型CADに組み込むとか、そういう派手な業績ばかり注目されがちだけど、あの方の真価は魔法師の負担を最小化してパフォーマンスを最大化する起動式の最適化にあると思うの！」

「へ、へぇ……」

相槌《あいづち》を打つ茉莉花《まりか》の顔には「しまった」と書かれている。彼女は「高校一年生にして」の辺りから既に及び腰だった。

しかし明《めい》と同じ魔工師志望の小陽《こはる》には興味深い話題だったようだ。

「私にはまだ良く分かりませんけど、そんなに凄《すご》いものだったんですか？」

小陽《こはる》はお愛想《あいそ》ではない関心を見せて明《めい》に訊《たず》ねた。

「あの方が二〇九五年の九校戦でミラージ・バット用に調整した［跳躍］の起動式は『何故《なぜ》あんなに小さな起動式であんなに効果が高いのか』と他校のエンジニアの度肝を抜いたそうよ」

「あっ、その話は私も知っています」

「まぁ、当然よね。だってあの方は当時からトーラス・シルバーとして活躍してらしたのだから。で、その［跳躍］の起動式は、今では警察や消防のＣＡＤにそのまま使われているそうよ」

「へぇ～、それは本当に凄《すご》いですね！　丸三年以上経《た》っても改良の余地が見当たらないということですから」

「ええ、凄《すご》いことなのよ。それを今の私たちと同じ高一でやってのけたのだから、あの方は本当に凄《すご》いの！」

「明《めい》、そろそろ落ち着いて」

明《めい》の熱狂がカルトじみてきたので、そろそろ止めなければと思ったのだろう。それまで黙っていた日和《ひより》が明《めい》を宥《なだ》めた。

はしゃぎすぎていたという自覚はあったのか、あるいはこの瞬間に自覚が生じたのか、明《めい》は表情を取り繕って咳払《せきばら》いをした。

「……これは特殊な魔法だから。そんなに簡単に効率化できたら、プロの立場が無いと思うよ」

「ファランクス」ほどの知名度は無いが「ペルタ」も十文字家《じゅうもんじけ》独自の魔法、謂《い》わば秘術だ。一般に普及している魔法には無い特殊なテクニックが用いられている。確かに、十文字家《じゅうもんじけ》と関わりが無い外部の技術者が簡単に手を加えられるものではない。

それは明《めい》にも分かっていたのだろう。

「それもそうね」

苦笑気味の表情で告げられたアリサのセリフを、明《めい》はあっさり受《う》け容《い》れた。

クラウド・ボールは競技の性質上、長時間続けられるものではない。休憩に入ったアリサは、練習試合二戦目の途中でミラージ・バットの練習に行った茉莉花《まりか》の様子を見に行くことにした。

ミラージ・バットの出場選手は本戦も新人戦も二名。しかし一高では、どちらも三名ずつの候補を選んだ。これは二〇九五年の九校戦で、怪我《けが》をして出られなくなった選手がいた為《ため》、当時のルールで三名出場できるはずの新人戦で二名しか出られなかったことを踏まえたものだ。三名の中から練習の結果を見て二名を選手に選び、一名は補欠としてもしもの時に備える。別に非情な措置というわけではない。スポーツでは当たり前に行われていることでしかない。

新人戦ミラージ・バットの代表候補は茉莉花《まりか》と明《めい》、それに十九側維慶《とくがわいちか》という一年B組の生徒だ。その苗字《みようじ》から分かるとおり、維慶《いちか》の実家は百家《ひやつけ》本流の数字付き《ナンバーズ》。とはいえ実技成績は茉《ま》莉花《りか》の方が上なのだが、彼女は軽体操部——魔法で低重力状態を作り出して演技するアクロバティックな体操競技——で空中感覚に慣れている。その点が評価されて候補になっていた。

ミラージ・バットの練習用ステージ——この競技の試合場のことを以前は「フィールド」と呼んでいたが、今では「ステージ」と呼ぶ——は演習林の池を利用して造られている。九校戦が中止になった年を除いて、この池には毎年七月にミラージ・バットの設備が設置されていた。本番のステージに比べると光球を投映するタワーは簡素な物だが、性能は本番に使われる物に劣らない。

九校戦の試合は六人で行われる。今、池の上に造られた足場に立っているのも六人。本戦の候補三名と、新人戦の候補三名。練習は足場が九校戦で使われる物より狭いということ、および着ている物が体操服ということ以外は本番と同じ条件で行われていた。

本戦も新人戦も、まだ誰が代表になり誰が補欠になるかは決まっていない。もう少し各候補の仕上がりを見てから選手を最終決定する予定になっていた。

この方針を決定したのは生徒会長の詩奈《しいな》だ。彼女は皆が納得できる形で代表選手を選ぼうとしているだけで、鼻先にニンジンをぶら下げているつもりはないのだが、結果的に候補者は本番さながらの気合いで練習に取り組んでいた。その熱気は「技術スタッフになりたいから補欠で良《い》いや」が本音の明《めい》も巻き込む程のものだった。

ところで他の競技と違い、ミラージ・バットの練習には教師がサポートに付いている。落下のリスクがあるからだ。

本番の競技でも即応性に優れた魔法師が落下事故に備えた係員としてステージ脇に控えている。それも一人や二人ではなく六人、つまり選手一人に係員一人のマンツーマンだ。魔法制御の失敗や選手同士の激突などにより落下が発生した際、空中で確実に選手を受け止める為《ため》にそのような態勢が整えられている。

しかしこの場でサポートに入っている教師は三人だった。一人で生徒二名を担当している、というわけではなく、一人がステージ全体の重力を軽減し、一人がステージ全体の慣性を中和し、残る一人が落下した生徒を受け止める役割分担になっている。こうすると試合全体を止めることになるが、マンツーマンで事故対応要員が付いていなくても生徒の被害は確実に防ぐことができる。

サポートの教師は日によって変わる。教師は他にも仕事があるからだ。ただ仕事量の関係か本人の希望か、それとも上役の命令なのか、立ち会いが多くなる教師はいる。一年B組実技担当の紀藤友彦《きとうともひこ》は教師の中で最も頻繁に立ち会っていた。

アリサがステージに着くと、今日も紀藤《きとう》の姿があった。彼のことが少し気になって――「気がある」という意味ではなく――、アリサは応援の合間に紀藤《きとう》をチラチラと盗み見た。

(気の所為《せい》かな……。紀藤《きとう》先生、ミーナのことばかり見ている気がする)

紀藤《きとう》は一応全員に目を配っているようだが、茉莉花《まりか》に意識を割いている頻度が高いように見える。自分が茉莉花《まりか》にピントを合わせているからそう見えるのかもしれないと、アリサは誤解の可能性を疑ってみた。だが紀藤《きとう》が茉莉花《まりか》に特別の興味を懐《いだ》いているという疑念は、アリサの中から消えなかった。

練習試合終了のブザーが鳴った。十五分三ピリオドで行われる競技の、最後のピリオド終了の合図。アリサの意識は自然と紀藤《きとう》に対する疑惑から離れた。

足場に降りた茉莉花《まりか》と目が合う。軽く手を振るアリサに、茉莉花《まりか》は大きく手を振り返す。しかし他の候補が退場するのを見て、慌ててその後に続いた。

代表候補が一ヶ所に集まる。彼女たちが囲んでいるのはミラージ・バットの技術スタッフ兼作戦アドバイザーを務める女子生徒だ。魔工科三年で、名前は堀越愛茉《ほりこしえま》。本番では本戦を彼女一人、新人戦は愛茉《えま》と小陽《こはる》の二人で担当することになっていた。ただし小陽《こはる》の役目は選手のケアで、テクニカルな仕事は愛茉《えま》がメイン。小陽《こはる》は謂《い》わば「見習い」だ。クラウド・ボールでは調整を任せられている小陽《こはる》だが、ミラージ・バットはクラウド・ボールよりも試合中のリスクが格段に高い。その点を考慮して三年生が責任を負っているのだった。

六人分のＣＡＤを調整し作戦まで個別に考えるのは大変そうに思われるが、愛茉《えま》にそれを苦にしている様子はない。それだけ彼女が優秀だということだろう。だからこそ本戦も新人戦も事実上一人で任せられているのに違いなかった。

茉莉花《まりか》が他の選手候補と共に愛茉《えま》を囲んでいる間に、アリサは練習試合の結果を確認した。茉莉花《まりか》の得点は六人中三位。一年生の中ではトップ。

練習を始めたばかりの頃は最下位が茉莉花《まりか》の指定席だった。親友の努力が実っているのを見て、アリサは嬉《うれ》しくなった。

候補たちが一人を残して愛茉《えま》の周りから離れる。試合後の概評が終わって、個別の調整に移行したのだろう。

「ミーナ、三位なんて凄《すご》いじゃない」

駆け寄ってくる茉莉花《まりか》を、アリサが笑顔で迎える。

「ありがと。でも、今日は特に調子が良かっただけだよ」

そう言いながらも、茉莉花《まりか》は満更でもなさそうに笑っていた。自分が上達しているという手応えが得られている笑顔だ。

「いやいや、茉莉花《まりか》ちゃん、凄《すご》い上達ぶりだよ」

茉莉花《まりか》の背後から会話に飛び込んできたのは同じ新人戦候補の十九側《とくがわ》維慶《いちか》だ。

「もう選手は茉莉花《まりか》ちゃんと明《めい》ちゃんで良《い》いんじゃないかな」

「何言ってるの。あたし、昨日も一昨日もいちかに負けてるんだけど」

維慶《いちか》の（多分）謙遜のセリフに茉莉花《まりか》が言い返す。

ところで維慶《いちか》は初顔合わせの際の自己紹介の後に「あたしの名前って漢字で書くと昔の武将

みたいで可愛《かわい》くないから平仮名で呼んで」と付け加えた。茉莉花《まりか》は「平仮名で呼ぶ」の意味が理解できなかったのだが、人の良《い》い彼女は言われたとおり「ひらがな」を意識している。

「でもあたしは茉莉花《まりか》ちゃんみたいに上級生を上回るスコアなんて出せないし、明《めい》ちゃんにも全然勝てないからなぁ」

——閑話休題。

「いちかはもう少し冒険した方が良《い》いかもね」

そう答えたのは茉莉花《まりか》ではない。二人が話しているところへ寄ってきた明《めい》だった。

「逆に茉莉花《まりか》は攻めすぎかも。もうちょっと安定感が出てきたら安心して選手を任せられるんだけど。そうしたら私は技術スタッフで頑張るから」

一年生だけだからか、明《めい》が「選手よりも技術スタッフで出たい」という本音を露《あら》わにする。

「一年女子のエースが何言ってるの」

正直すぎるセリフに、維慶《いちか》がすかさずツッコミを入れた。

自分の練習再開までにはまだ少し時間があったが、茉莉花《まりか》が愛茉《えま》に呼ばれたところでアリサもグラウンドに戻った。

その途中で日和《ひより》と合流する。アリサの顔を見るなり、日和《ひより》は「茉莉花《まりか》の調子はどうだった？」と訊《たず》ねた。

アリサは日和《ひより》に、茉莉花《まりか》の様子を見に行くとは伝えていない。だが「普段の様子を見ていれば言わなくても分かる」ということは自分でも理解していたので、日和《ひより》の質問に戸惑ったりはしなかった。

「調子良さそうだったよ。本人は『今日は特に調子が良い《い》』って言ってた」

「茉莉花《まりか》は気分屋だからね」

日和《ひより》の論評にアリサは笑うだけで反論しなかった。確かに茉莉花《まりか》は、ミラージ・バットに対してマジック・アーツに対する程には気合いが入っていない。本人に気を抜いているつもりはないのだが、夢中になれるかなれないかは、自分ではどうしようもないようだ。「気分屋」という評価は多分、それほど的外れではなかった。

「あっ、唐橘《からたちばな》君」

「ホントだ」

日和《ひより》の視線をたどってアリサが相槌《あいづち》を打つ。

グラウンドには今、クラウド・ボールのコートの他にスピード・シューティングの練習用射撃レンジが設けられている。そこでは役《まもる》がペアの男子生徒とスピード・シューティングペア競技の練習をしていた。

「ちょっと見ていこうか」

「時間は大丈夫?」

日和《ひより》の言葉に、アリサはそう問いを返す。その反応に日和《ひより》を止めようとするニュアンスは無かった。明らかにアリサも気になっている態度だ。

「十分くらいなら大丈夫だよ」

日和《ひより》がアリサの手を取って引く。

アリサは、逆らわなかった。

スピード・シューティングは今回の大会で最もルールが変わった種目だ。四年ぶりに採用されるという点も新たにペア競技が採用されるという点もクラウド・ボールと同じだが、クラウド・ボールは元々ダブルスが主流の競技だ。大会ルールは公式ルールに、ほぼ則《のっと》っている。

それに対してスピード・シューティングは九校戦独自の競技だ。魔法を使った射撃競技は軍だけでなく大学や他国でも行われているが、スピード・シューティングとは形式が違う。民間で行われる魔法射撃競技の例として挙げられるのは、操弾《そうだん》射撃やSSボード・バイアスロンだ。元々一人用競技だったスピード・シューティングに導入されたペアは従来行われていたものと全く違う要素を含んでいるが、ソロのスピード・シューティングにも大きな変更が加えられていた。

それは、実体弾使用の義務付けだ。新ルールでは固体の弾を手で保持しているランチャーから飛ばさなければならない。弾は直径十二ミリ、重さ三グラムの球形弾。また、一度に装填できる弾数は五十発以下、一試合の弾数は百発に制限されている。なお標的の総数は三百個だ。

この規定は操弾《そうだん》射撃の要素を取り入れたルールだ。必然的に各校は操弾《そうだん》射撃用のランチャーを元に、五十発入りのマガジンを使用できる競技銃の製作から始めなければならなかった。

ソロは一人ずつ競技して全体でスコアを競う形式だが、ペア競技は二チームが先攻後攻で攻守が交代して勝敗を決める形式だ。

ペアの競技は的を撃つ「シューター」と的を動かす「アレンジャー」、及び敵チームの「アレンジャー」の三人で行われる。「アレンジャー」は「配置する者」の意味だ。

射撃ゾーンは壁で三つに仕切られ、中央をシューターボックス、左右をアレンジャーボックスと呼ぶ。左右どちらのボックスに入るかは、攻撃側が選択権を持っている。

シューターは実体弾を魔法で撃ち出す。射出に使う魔法は加速魔法でも移動魔法でも良《い》いがシューターが魔法を使えるのは弾を撃ち出す時だけで、飛んでいる弾にも標的にも干渉できない。

アレンジャーが魔法で干渉できるのは標的に対してのみ。シューターと違って魔法を使える回数に制限は無いが、種類は加速系単一プロセスの魔法だけだ。

攻撃側アレンジャーはその魔法を使って弾が当たるよう標的を動かし、敵側のアレンジャーは弾が当たらないように標的に干渉する。アレンジャー同士はお互いの魔法を打ち消す魔法も許されている。

それでお互いに百発を撃って、命中したターゲットの数で勝敗を決める。これがペアのルールだ。四年前のスピード・シューティングとは前述のとおり、別の競技と言わざるを得ない。

アリサたちが着いたのはちょうど、シューターをしていた役《まもる》が百発の弾を撃ち終わったところだった。彼はアリサと日和《ひより》に気付くことなくランチャーを置き、隣のボックスに移動する。代わりにそれまでアレンジャーをしていたペアの選手がシューターボックスに立った。

「どっちがシューターをするか、まだ決まってなかったんだ……」

アリサが意外感を隠せない声で呟《つぶや》く。九校戦まであと半月。ミラージ・バットのように代表が決まっていない競技もあるが、この競技はかなり事情が異なる。シューターとアレンジャーで必要とされるテクニックが全く違う為《ため》、練習でそれぞれの役割にできるだけ慣れておく必要があった。

その呟《つぶや》きは自分で思っていたより大きなものとなってしまったようだ。

「十文字《じゅうもんじ》さんの言うとおりなんだけどね」

アリサの懸念《けねん》に応える声があった。

「裏部《うらべ》先輩」

風紀委員長の裏部《うらべ》亜季《あき》。同じ風紀委員会の先輩・後輩として、アリサにとっては部活の先輩に次いで親しい同性の先輩だ。亜季《あき》がこの場にいるのは、彼女もスピード・シューティングの選手だからだろう。

「田原《たわら》君がシューターをやりたいと言って揉《も》めて――いえ、ごねているのよ」

「田原《たわら》君がですか……？」

田原《たわら》というのは役《まもる》とペアを組んでいる一年生だ。フルネームは田原秀気《たわらひでき》。苗字《みようじ》に数字は含まれていないが、栃木《とちぎ》にある彼の実家は百家《ひやつけ》だ。

秀気《ひでき》の現在のクラスはA組でアリサとはクラスメート。ただ余り親しくはなく、話をしたこともほとんど無い。秀気《ひでき》の為人《ひととなり》を良く知らないので、彼がごねていると聞いても「意外」とも「らしい」ともアリサは思わなかった。

「シューターよりアレンジャーの方が難しいのでは？」

亜季《あき》の言葉に日和《ひより》が疑問を呈する。

九校戦に出場する選手は学校の勝利を第一に目指しているが、同時に九校戦は選手にとって自分の魔法技能をアピールする場でもある。高度な技術を必要とするポジションの方が専門家には強くアピールするというのが普通の考え方だ。

「そうなんだけど、シューターの方が派手でしょう？　余り魔法に詳しくないお偉方には分かり易《やす》いんじゃないかしら」

「……今年の九校戦、何かあるんですか？」

日和《ひより》が不安げな表情を見せる。

「九校戦は毎年何かしら起こっているわ。気にしてたら限《きり》が無いわよ」

後輩の質問を、亜季《あき》はシニカルなセリフで誤魔化した。

「……って、裏部《うらべ》先輩が何だか意味ありげなことを言ってたんだけど、何か知ってる？」

一高から駅までの帰り道。アリサは同行する茉莉花《まりか》、明《めい》、小陽《こはる》にこう訊《たず》ねた。なおこの場には日和《ひより》もいるのだが、彼女に心当たりが無いことは既に分かっていた。

しかし残念ながら、全員が首を横に振る。

「──でも、確かに気になるわね。今度の九校戦には何か特別なことがあるのかしら？」

首を振った後さらに、明《めい》は首を傾《かし》げた。

「家《いえ》の者に訊《き》いてみるわ」

明《めい》はアリサよりも強く疑問と興味を覚えているように見えた。

◇　◇　◇

その日の夜。

明《めい》は自宅のダイニングで兄の啓《けい》と向かい合っていた。本当は帰り道で話題になった今年の九校戦のことで父親から話を聞くつもりだったのだが、生憎《あいにく》急な出張で彼女が帰宅した時には京《きょう》都《と》へ発《た》った後だった。だから代わりに、兄に訊《き》いてみることにしたのだ。

「それで、訊《き》きたいことって？」

啓《けい》が気安い口調で明《めい》に問い掛ける。この二人の兄妹《きょうだい》仲は普通に良好だ。明《めい》は啓《けい》の許嫁《いいなずけ》のことを嫌っているが、それは単に反りが合わないだけで兄に執着しているわけではなかった。

「来月の九校戦のことなんだけど」

「選手に決まったの？　楽しみだなぁ。応援に行くよ」

「まだよ。大体、私が本当は技術スタッフになりたいって兄さんは知っているでしょう」

「明《めい》、それは贅沢《ぜいたく》というものだよ。選手になれるのは全校生徒の十分の一にも満たないんだ。九校戦に出たくても出られない生徒の方が多いんだから」

「生徒全員が九校戦に出たいと思っているわけじゃないけど、この話は止めておきましょう。訊《き》きたいこととは無関係だから」

「そうだね。議論をするようなことじゃない」

啓《けい》はあっさり頷《うなず》き、目で続きを促した。

「九校戦で政府や軍の高官が何かを企《たくら》んでいるというような話を知らない？」

明《めい》の質問に啓《けい》は軽く目を見張った。

「いや、心当たりは無いけど……。何故《なぜ》そんなことを？」

逆に問われて、明《めい》はアリサと日和《ひより》から訊《き》かれたことを話した。

「ああ……。そういうことか」

得心がいった、という表情の兄に、明《めい》は「何か知ってるの？」と問い掛ける。

「企《たくら》んでいるなんて言うから何事かと思ったら……。確かに今年の九校戦には政府や国防軍の高官が例年より多数観戦に来るだろうね」

独り言めいた口調でこう言った後、啓《けい》は少しだけ表情を引き締めた。

「実は十師族《じゅっしぞく》以外の民間の魔法師から国防予備隊を募集するという話があるんだ」

「国防予備隊？　何なの、それ」

「名前そのままだよ。我が国に対する外国の侵攻に備えて、国防軍に協力する為《ため》の民間魔法師部隊をあらかじめ組織しておくという趣旨だ」

「……そんなことが何時《いつ》決まったの？」

「まだ決まってはいない。検討段階だよ。ただ意図的なのかそうでないのか、この話は非公式の噂話《うわさばなし》という形で徐々に広まりつつあるみたいだね」

「……十師族《じゅっしぞく》以外ってところに、凄《すご》く意図的なものを感じるんだけど」

明《めい》が胡散臭《うさんくさ》そうに言うと、啓《けい》はニッコリ笑った。

「さすがは明《めい》。良く気が付いたね」

「な、なに？」

明《めい》は面食らった表情で軽く仰《の》け反《ぞ》った。

妹に引かれても、啓《けい》は平気な顔だ。

「誰が考えたことなのか分からないけど、予備隊の構想には明らかに十師《じゅっし》族《ぞく》外しの意図がある」

そう言った後、彼は小さく首を傾《かし》げた。

「……いや、十師《じゅっし》族《ぞく》に対する依存度を低めようとしている、の方が正確かな。そしてそこには同時に、国防における司波《しば》君のプレゼンスを引き下げようとする意図が隠れていると思う」

「司波《しば》君って、あの方のこと!?」

明《めい》が弾《はじ》かれたようにダイニングの椅子から立ち上がる。

「そう、僕の後輩でトーラス・シルバーだった司波《しば》君のこと」

啓《けい》は驚きも慌てもしなかった。妹の司波《しば》達也《たつや》に対する狂信的な崇拝に彼は慣れていた。

「明《めい》、落ち着いて。軍事的な負担が減るのは司波《しば》君にとって悪い話じゃない。その分、恒星炉の実用化にも注力できるし」

「それは、そうだけど……」

達也《たつや》のことで興奮した明《めい》の対処にも、啓《けい》は慣れていた。

「そういう『噂《うわさ》』が流れているから百家《ひゃっけ》の生徒は特に、親からのプレッシャーがきついんじゃないかな」

のほほんと笑いながら啓《けい》が締《し》め括《くく》る。

「……家《うち》も百家《ひゃっけ》なんだけど?」

「五十里《いそりけ》家は戦闘が得意じゃないからね。気になるんだったら明日、父さんにも訊《き》いてみたら良《い》い」

二人の父親は明日の夜、出張から帰ってくる予定になっている。

啓《けい》の提案に、明《めい》は「そうする」と頷《うなず》いた。

◇◇◇

九校戦の準備に熱が入っているのは一高だけではなかった。

七月十九日、日曜日。金沢《かなざわ》の第三高校は海開き前の海水浴場を借りてモノリス・コードの練習試合を行なっていた。

三年生で構成された本戦チーム対、一年生で構成された新人戦チーム。

ただし本戦チームは人数を本来の三人から二人に減らしている。

両陣営の間に視界を遮る物は無い。下は砂だが、草原ステージを想定したセッティングだ。

開始の合図から五分。新人戦チームは、自陣のモノリスの前から動けずにいた。

絶え間なく撃ち込まれる魔法の銃撃。直径一センチに満たない純粋な圧力の銃弾だ。

加重系統プラスの「基本コード」を使った[不可視の弾丸《インビジブル・ブリット》]の連射バージョン。

二〇九六年の九校戦で一高が使った術式を[不可視の弾丸《インビジブル・ブリット》]の本家開発者である三高OB・

吉祥寺真紅郎《きちじょうじしんくろう》がさらに改良して射程距離を大幅に伸ばしたものだ。

吉祥寺《きちじょうじ》は卒業前、加重系魔法を得意としている後輩を数人選んでこの魔法を指導した。本戦チームの二人はどちらも吉祥寺《きちじょうじ》から連射型の［不可視の弾丸《インビジブル・ブリット》］を伝授された当時の一年生だ。

本戦チームの二人は交互に魔法を放つことで絶え間なく新人戦チームに銃撃を浴びせる。

それに対して新人戦チームは魔法シールドで身を守っていた。防御に全力を注ぐことで、戦闘不能によるリタイアに追い込まれるのを何とか避けている。しかしジリ貧の状況なのは本人たちも理解していた。

自陣から撃ち続けていた三年生が前進を始めた。

実体弾と違って圧力の銃弾には、距離による威力の減衰はない。だが目標までの距離が縮まることにより魔法を維持する負担が減り、結果として銃撃の密度が増す。つまり、攻撃力が上がる。一年生のチームはますます苦しい状況に追い込まれていた。

「私が前に出る。二人とも、援護を頼む」

新人戦チームの一人、十文字竜樹《じゅうもんじたつき》が仲間に声を掛けた。

「おう、頼むぜ」

同じチームで友人の伊倉左門《いくらさもん》がそう応じた。もう一人は応えを返す余裕も無い状態だ。

竜樹《たつき》がシールドを張ったまま走り出す。ただし、そのスピードはあまり速くない。

彼も十文字家《じゅうもんじけ》直系の名に恥じず、強力な魔法シールドを展開できる。ただ竜樹《たつき》は攻撃魔法の方が得意であり、十文字家《じゅうもんじけ》の代名詞［ファランクス］も防御型より攻撃型を得意としている。［攻撃型ファランクス］の威力は義兄の勇人《ゆうと》を凌《しの》ぐほどだ。

その反面、［防御型ファランクス］の技術は遅れて訓練を始めたアリサにも劣っている。［防御型ファランクス］と移動系魔法を併用し、シールドを展開した状態で体当たりする応用術式［キャノンボール］は、まだ使いこなせていない。それどころか全力疾走をすると、自分が走るスピードにシールドの位置指定が狂ってしまうことも珍しくなかった。

近付いてくる竜樹《たつき》に［不可視の弾丸《インビジブル・ブリット》］の弾幕が集中する。同時に二人の三年生は左右に分かれた。これが物理的な盾であれば同一方向からの一点集中攻撃が効果的だ。だが魔法的なシールドの場合、防御側が意識を集中させやすい集中攻撃よりも防御側の意識を分散する多方向からの攻撃の方が高い効果が得られる。魔法シールドは、一枚のシールドに加えられた攻撃の威力をシールド全体で負担する仕組みになっているからだ。

走り回りながら絶え間なく銃撃を浴びせる三年生を、竜樹《たつき》は捕捉できない。そして気が付いた時には、竜樹《たつき》の相手は一人になっていた。

もう一人の三年生は、何時《いつ》の間《ま》にか新人戦チームのモノリスの手前まで迫っている。そしてその前に立っているのは左門《さもん》だけだ。もう一人の一年生は竜樹《たつき》が気付かぬ内に倒されていた。

竜樹《たつき》は迷った。左門《さもん》の援護に行くか、敵陣のモノリスを目指すか――。

竜樹《たつき》の注意が左門《さもん》へ向く。その直後、彼のすぐ前に距離を取って竜樹《たつき》に魔法を浴びせていたはずの三年生が立っていた。

（しまっ――）

竜樹《たつき》が心の中で「しまった」と叫び終えるよりも早く、彼の足元が爆発した。

足場の砂ごと、竜樹《たつき》の身体《からだ》が空中に打ち上げられる。

竜樹《たつき》のシールドは球状に展開されている。移動する時に足元の地面――この場では砂――を削ってしまうが、地中から攻撃する魔法もある以上、足の下を開けておくわけにはいかない。

その砂浜を抉《えぐ》る形で広がっているシールドのさらに下の砂ごと、竜樹《たつき》は宙に舞った。

このパターンは初めてだ。彼は完全に意表を突かれていた。

空中で［飛翔《ひしょう》］の魔法を発動し、体勢を立て直す。［飛翔《ひしょう》］は急激に普及した飛行魔法の前段階と言える魔法で、空中で数度、運動状態と体勢を変えることを可能にする。移動装甲魔法［キャノンボール］に使用する移動系魔法はこの［飛翔《ひしょう》］だ。

竜樹《たつき》はいったん空中で静止し、着地の体勢を整えようとした。しかしその瞬間、激しい衝撃に見舞われる。［飛翔《ひしょう》］に気を取られて［ファランクス］が中断してしまっていたのだ。

加重系魔法の弾丸に曝《さら》されて、竜樹《たつき》が体勢を崩し落下する。何とか受け身を取ったが、下が砂地でもやはり大きなダメージとなった。

砂の上で仰向けになる竜樹《たつき》。そのまま息を整え、怪我《けが》の有無を自己診断する。

この段階で慌てても仕方が無いと彼は覚《さと》っていた。竜樹《たつき》の洞察を裏付けるように、試合終了を告げるブザー代わりの笛が鳴らされた。

モノリス・コードの代表とサポート要員が練習を終えて三高に戻ると、同じように練習を終えて下校しようとしているミラージ・バットのチームと出会った。

「あら、十文字《じゅうもんじ》君に伊倉《いくら》君に百目鬼《どうめき》君。調子はどう？」

竜樹《たつき》たちに声を掛けてきたのはミラージ・バットの代表に選ばれている一条茜《いちじょうあかね》だ。なお「百目鬼君」というのは新人戦モノリス・コードのもう一人の代表で、フルネームは『百目鬼《どうめき》善雄《よしお》』という。

「悪くはない」

竜樹《たつき》が御座《おざ》なり感を隠せていない無愛想一歩手前の口調で答える。

「ボロ負けだったけどな。やっぱ、上級生は強《つえ》えや」

それを取り繕うように、左門《さもん》は陽気にぼやいて見せた。

「ドンマイ。調子が出ない時もあるって」

茜《あかね》が明るく慰める。

それに対して竜樹《たつき》は「いや……」と頭《かぶり》を振った。

「さっきも言ったとおり、調子は悪くなかった。純粋に力負けだ」

「……潔《いさぎよ》いのは立派だけどさ。『力負け』で片付けるのも違うと思うよ」

茜《あかね》の苦言に竜樹《たつき》は反発せず「そうか」と応じた。

これには茜《あかね》の方が戸惑いを隠せない。

「えっと……、魔法力の差だけじゃなくて戦術にミスがなかったかどうかも振り返るべきだと思う」

「茜《あかね》さんの言うとおりだな」

竜樹《たつき》の応答は何処《どこ》までも謙虚だ。

いや、暖簾《のれん》に腕押し。手応えが無い。

茜《あかね》はやや白けた表情で「じゃあ、またね」と言って竜樹《たつき》たちと別れた。

竜樹《たつき》たちは学校についてすぐ解散、ではなかった。学食で今日の反省会だ。日曜日に厨房《ちゆうぼう》は開いていないが、学食自体は開放されている。各々《おのおの》、自販機で好きな飲み物とファストフードを買って気付いた点を話し合う。竜樹《たつき》たち一年生は主に指導される立場だ。

先輩のアドバイスを受けている最中は当然飲食はお預け。先輩が席を立った時には、飲み物はぬるく、食べ物はすっかり冷めていた。

いや、今は真夏だ。冷めるくらいならそれほど問題ではない。

「麺類なんて買うから……。すっかり伸びてるじゃないか」

「別に良《い》いだろ、好きなんだよ」

呆《あき》れ顔《がお》の百目鬼《どうめき》善雄《よしお》に自棄《やけ》気味の声で左門《さもん》が言い返した。

「せめて冷やし中華とかにすれば良いのに……」

「冷やし中華はラーメンとは認めない」

善雄《よしお》が竜樹《たつき》に「何か言ってやって」と目で訴える。

竜樹《たつき》は肩を竦《すく》めるジェスチャーでそれに応えた。

善雄《よしお》は諦め顔で冷めてしまったホットドッグに齧《かぶ》り付《つ》いた。

「今日も勝てなかったね……」

そして沈んだ声で呟《つぶや》くように言った。

「気を落とすことはない。おそらく、先輩のチームは本番でも優勝候補だ」

竜樹《たつき》が善雄《よしお》を力付ける。

「そうかな？」

善雄《よしお》の相槌《あいづち》は自信なげだった。

「善雄《よしお》、心配のしすぎだ。新人戦であんなに手強《てごわ》い相手とは当たらねえよ」

「……だったら良《い》いけど」

左門《さもん》の励ましにも、善雄《よしお》は納得していない様子だ。

「何をそんなに焦《あせ》っているんだ？」

善雄《よしお》の態度に焦《あせ》りを見た竜樹《たつき》が直截《ちょくせつ》に訊《たず》ねた。

「あっ、いや、気分を害したのならゴメン」

善雄《よしお》が慌てて竜樹《たつき》と左門《さもん》に謝る。自覚が無かったのか、かなり慌てていた。

「別に気を悪くなどしていないが……」

「善雄《よしお》、何かあったのか？」

竜樹《たつき》と左門《さもん》が続けて訊《たず》ねる。

「何かってわけじゃないけど……。ゴメン、最近親からのプレッシャーがきつくてさ。姉貴までそれに便乗するもんだから、竜樹《たつき》の言うとおり焦《あせ》ってたみたいだ」

「そう言えば、善雄《よしお》は自宅通学だったっけ」

左門《さもん》が同情交じりの声で言う。

竜樹《たつき》と左門《さもん》は一人暮らしなので、自分で何でもしなければならないという苦労はあっても、善雄《よしお》が言うようなストレスは無い。

「そんなに圧が強いのか？」

竜樹《たつき》の質問に、善雄《よしお》は顔を歪《ゆが》めた。

「他家《よそ》よりきついかどうかは分からないけど、九校戦に出ると決まってからいきなり口喧《くちやかま》しくなりだしたんだ。それも『他校に負けるな』とかじゃなくて、活躍して目立てと言われているような気がしてさ……」

「チームの勝利より、自分の実力をアピールしろってことか？」

左門《さもん》の問いに、善雄《よしお》は「そんな感じ」と頷《うなず》いた。

「父さんも母さんも、何だかおかしいんだよ。以前はそんなエゴイスティックなことを言うタイプじゃなかったのに。僕までおかしくなりそうだ……」

苦悩する善雄《よしお》。

竜樹《たつき》と左門《さもん》は、戸惑いを露《あら》わにして顔を見合わせた。

◇◇◇

竜樹《たつき》と左門《さもん》は同じアパートの隣同士。帰宅後にお互いの部屋を訪問し合うことも多い。割合としては、竜樹《たつき》の部屋に左門《さもん》が押し掛ける比率が七割くらいか。

この日も夜になって、左門《さもん》が竜樹《たつき》の部屋のドアを叩《たた》いた。

「……さっきの善雄《よしお》の話だけど」

左門《さもん》が買ってきた泥鰌《どじょう》の蒲焼《かばや》きを主菜に夕食のテーブルを共にする。しばらくどうでも良《い》い雑談をしていた二人だったが、左門《さもん》が急に真面目な顔付きでこう切り出した。

「家族のプレッシャーという話か？」

「そう、それだ。どうやら、あいつの家だけじゃないみたいなんだ」

「他の生徒も？」

「ああ。自宅生は結構うるさく言われているようだぜ」

「……だが、親が子供の活躍に期待するのは普通じゃないか？」

竜樹《たつき》の反論に、左門《さもん》は「いや、それがよ」と首を横に振った。

「三年の先輩にも訊《き》いてみたんだが、去年とは気合いの入り方が違うらしい」

「最終学年だからではなくて？」

「本人は違うと言っていたな。百家《ひゃっけ》の先輩なんだが、執念のようなものを感じるってさ」

竜樹《たつき》が「ふむ……」と唸《うな》って考え込んだ。

「今回の大会は大人たちにとって、去年の九校戦とは意味が違うということか……」

竜樹《たつき》がさらに深く、思惟《しい》に沈む。

それは左門《さもん》から「いい加減、冷めちまうぜ」と注意されるまで続いた。

◇◇◇

七月二十日、月曜日の昼休み。アリサと茉莉花《まりか》は、明《めい》、小陽《こはる》、日和《ひより》、それに浄偉《じょうい》と役《まもる》の七人で学食のテーブルを囲んでいた。

その席で明《めい》は、兄から聞き出し父親から裏を取った国防予備隊の構想について話した。

「へぇ、そんな計画があるんだね」

茉莉花《まりか》が世間話に相槌《あいづち》を打つ口調で最初の反応を返す。明らかに興味が無さそうな態度だ。

「皆で負担を分かち合うのは間違ってないと思うけど……」

口では賛同しながら、アリサは何となく納得いかなさそうだった。

「だから田原《たわら》君もあんなに一所懸命なんだ」

役《まもる》は「納得」という表情だ。

「モチベーションが高いのは良《い》いことじゃないか」

浄偉《じょうい》は「何が問題なんだ?」という顔をしている。

「そうとも限らないですよ、ジョーイ」

横から小陽《こはる》がたしなめるように口を挿《はさ》む。

「気合いなら良《い》いですけど、気負いは焦《あせ》りにつながりますす」

「焦《あせ》りは無茶に、無茶は事故につながる」

さらに日和《ひより》が厳粛な口調で続く。

場の空気が重くなり、食事中の手が止まる。

だがその雰囲気の発生源である日和《ひより》は変わらぬペースで箸を動かし、

「――って父さんが言ってた」

と、棒読みの口調で付け加えた。

重い空気が霧散する。

「……その一言、要る？」

テーブルに置いていた腕から力が抜けた所為《せい》で身体《からだ》が傾《かし》いだ明《めい》が、恨みがましく呟《つぶや》いた。

◇◇◇

七月二十四日、金曜日の夜。多くの国公立高校と同じく、一高も今日が終業式だった。

前世紀のように成績通知表を本人に渡すというセレモニーは無い。その代わりに成績は本人と保護者に電子メールで送信される。親子で学業成績について話し合う機会は定期試験や月例実技試験、普通科高校ならば学外模擬試験などの機会もあるが、やはり終業式の日に送信される学期成績通知は生徒にとっても保護者にとっても特に大きな意味を持っていた。

東京《とうきょう》南部を地盤とする十九側家《とくがわけ》でも、長女の維慶《いちか》が父親の前で畏《かしこ》まっていた。

「……A組に上がれなかったのは残念だが、頑張ったな」

「ありがとうございます」

今時の親子とは思えない改まった口調で維慶《いちか》が頭を下げる。普段の姿からは想像しにくいが、家では躾《しつけ》がかなり厳しいようだ。

「それに、無事に九校戦選手の座を勝ち取れたのはめでたいことだ。維慶《いちか》、良くやったな」

「はい、御蔭様《おかげさま》で」

新人戦ミラージ・バットは結局、明《めい》と維慶《いちか》が選手に選ばれていた。詩奈《しいな》を始めとする上級生は、茉莉花《まりか》の爆発力よりも維慶《いちか》の安定性の方を高く評価したのだ。

「だがこれで気を抜いてはならないぞ。本番で実力を示すことが大切だ」

「はい、承知しております」

「今年の九校戦には首都防衛を担《にな》う第一師団の幹部が、全ての日程で観戦に来る予定だ。お前の活躍が目に留まれば我が家の名も上がり、慶彦《よしひこ》の将来にも有利に働くだろう」

慶彦《よしひこ》というのは維慶《いちか》の弟で現在小学六年生。維慶《いちか》には慶菜《けいな》という名の中学二年生の妹もいる。

「はい。慶菜《けいな》や慶彦《よしひこ》の為《ため》にも頑張ります」

そう応えて、維慶《いちか》は父に頭を下げた。

「お姉ちゃん、お父さんの相手、お疲れ様」

維慶《いちか》が自分の部屋に引っ込んですぐ、妹の慶菜《けいな》がやって来た。

「ホントだよー、疲れたぁー」

維慶《いちか》が慶菜《けいな》に抱き付く。二人の間に身長差はほとんど無い。むしろ慶菜《けいな》の方が一、二センチ高かった。

慶菜《けいな》が「よしよし」と言いながら維慶《いちか》の頭を撫《な》でる。

維慶《いちか》は顔面筋から全ての力を抜いたような表情をして、しばらく妹に撫《な》でられていた。

「慶彦《よしひこ》はどうしてる？」

ようやく気が済んだのか、妹から身体《からだ》を離した維慶《いちか》が弟の現状を訊《たず》ねた。

「魔法の練習してる」

「やっぱり？」

維慶《いちか》の表情が曇る。

似たような表情で慶菜《けいな》はコクンと頷《うなず》いた。

「今無理をするとかえって魔法力を損なう恐れがあるんだけど……」

「お母さんが付いているから大丈夫だと思うよ。……多分」

維慶《いちか》の懸念《けねん》に、慶菜《けいな》が慰めの言葉を掛ける。だが彼女も末っ子の弟を気にしているのは、最後に付け加えた「多分」の一言で明らかだった。

「ねえ、お姉ちゃん。お父さんもお母さんも、急にどうしたのかな」

彼女たちの両親が極端に教育熱心になったのは、今月に入ってからのことだった。先月までも百家《ひゃっけ》数字付き《ナンバーズ》の一員として、それなりに高度な魔法教育が家庭内で行われていた。だがそれは子供の成長ペースに配慮した、無理のないものだった。

それが今月になって、まるで追い立てられるように子供に、特に長男の慶彦《よしひこ》に詰め込み教育を始めた。最初は父にも母にも意見した維慶《いちか》だが、すぐにそんな雰囲気ではなくなった。

父母の焦燥は日を追うごとに悪化している。

十九側《とくがわ》家の姉妹は、そんな風に感じていた。

◇◇◇

新人戦スピード・シューティングの代表選手に選ばれた田原秀気《たわらひでき》は、夜になって栃木《とちぎ》の実家に帰宅していた。

「──好き放題言いやがって！」

父親と会って自分の部屋に戻った直後、秀気《ひでき》は八つ当たりでクッションを蹴飛ばした。

彼の叫び声が聞こえたのか、ドアが控えめにノックされる。

秀気《ひでき》は「何っ⁉」と苛立《いらだ》ちを剝《む》き出《だ》しにした応えを返した、

「……入るわよ」

「姉さん」

扉を開けてそっと顔を見せたのは、秀気《ひでき》と入れ替わりで一高を卒業して今年魔法大学に入学した姉の郷子《さとね》だった。

「荒れてるわね。パパに何を言われたの？」

秀気《ひでき》が鋭い目付きで姉を見る。だが彼はすぐに、睨《にら》むのを止めた。

「一般科目はどうでも良《い》いから魔法科目でオールAプラスを取れだとさ」

国立魔法大学付属高校の成績評価はAプラス、A、Aマイナス、B、C、D、Fの七段階評価になっている。五段階評価の最上位グレードをさらに三段階に細分化したものだ。

オールAプラスというのはつまり、全教科で最上級の評価を取れという意味だった。

「そんなこと、パパも本気で言ってるんじゃないと思うわよ。貴方《あなた》も、真に受けてはいないでしょう？」

「真に受けても無理なものは無理だ」

秀気《ひでき》が投《な》げ遣《や》りに吐き捨てる。姉の郷子《さとね》はそれを、今にも両肩を竦《すく》めそうな顔で見ていた。

「だったら何でそんなに荒れてるわけ？」

秀気《ひでき》が少し落ち着きを見せたところで、郷子《さとね》が弟に訊《たず》ねる。

「……九校戦の選手に選ばれたんだ。新人戦のスピード・シューティング」

「あら、凄《すご》いじゃない。私は新人戦に出られなかったから羨ましいわ」

「姉さんは去年優勝しているだろう。それで十分じゃないか」

秀気《ひでき》が言うように、郷子《さとね》は去年総合優勝を果たした一高の代表選手だった。なお、一高は中止になった二〇九七年を挟んで五連覇中だ。

「学校は優勝できたけど、私の個人成績は今一《いまいち》だったからねぇ」

九校戦における彼女の戦績はロアー・アンド・ガンナーのペアで三位。今一《いまいち》と言うほど悪くはないが、本人的には不満だったのだろう。彼女のチームメイトがこの競技のソロで優勝しているから、余計に自分のことを不甲斐《ふがい》なく感じたのかもしれない。

「私がそんなだったからパパは余計に、秀気《ひでき》に活躍して欲しいのかもよ」

「そんなんじゃねえよ」

秀気《ひでき》が姉の顔を見ずに否定の言葉を吐《は》く。

「似合わないわよ、そんな汚い言葉遣い。一体何を言われたの？」

秀気《ひでき》は本来、少々神経質なところはあっても粗暴な少年ではない。

姉の呆《あき》れ声に、逆上している自覚があるのか秀気《ひでき》は深く息を吐《つ》いた。

「新人戦のスピード・シューティングはペアで行われるんだ」

「ふーん。私の在学中、その競技はなかったから良く分からないけど……」

郷子《さとね》が入学したのは二〇九六年。九校戦の競技種目が大きく変更された年だ。

「ペアなら、パートナーと力を合わせて頑張らなきゃね」

自分もペア競技に出場した経験に基づく、平凡だが実感のこもったアドバイスを彼女は弟に送った。

「俺もそう思う」

秀気《ひでき》は姉のアドバイスに、素直に頷《うなず》いた。

「だが父さんは違うらしい」

しかし次のセリフは、嘲るような、蔑むような口調で吐き捨てられた。

「……どういうこと？」

「パートナーに頼るな。むしろパートナーの見せ場を奪うつもりで勝て、だってさ」

「それは……」

郷子《さとね》のセリフはそこで途切れた。彼女は暗い目をした弟に何と言ってやれば良いのか、分からなかった。

◇◇◇

一学期が終わり、夏休みが始まった。

だが九校戦の代表になっている生徒は、大会が終わるまで実質的に休みは無い。

何時《いつ》もの登校時間、アリサは勇人《ゆうと》と一緒に玄関を出た。九校戦の練習の為《ため》だ。

普段は茉莉花《まりか》と一緒に登校するのだが、残念ながら茉莉花《まりか》は選手になれなかった。それでも補欠として代表団の一員ではあるのだが、練習は選手が優先される。茉莉花《まりか》が朝早くから登校する必要は無い。

――ところが。

「アーシャ、おはよう！」

門のすぐ外に茉莉花《まりか》が待っていた。

「ミーナ、どうして？」

「んっ？　どうしてって、何が？」

「何がって……」

「そんなことより行こうよ。今日は先輩と一緒なの？」

「え、ええ。ミーナはもっと遅くなると思っていたから……」

アリサがそう言うと、茉莉花《まりか》はもう一度首を傾《かし》げて「何で？」と問い返した。

しかしすぐに「まあいいや」と自己完結した。

「偶《たま》には二人きりじゃなくても良いかもね。それじゃ先輩も行きましょう」

先頭に立って駅に向かう茉莉花《まりか》。彼女に強がっている様子は無かった。

四人乗りの個型電車《キャビネット》の中は、アリサの隣に茉莉花《まりか》、アリサの前に勇人《ゆうと》という配置だった。

「……えっと、もしかして」

個型電車《キャビネット》が走り出してすぐ、茉莉花《まりか》は「ようやく分かった」という顔で声を上げた。

「あたしが補欠になったから練習をサボると思った？」

茉莉花《まりか》があっけらかんと訊《たず》ねる。彼女には拗《す》ねてる風も捻《ひね》くれている風も無い。

いつもどおりポジティブで、それがかえってアリサを戸惑わせた。

「サボるとは思わなかったけど……」

「真面目に練習の最初から参加するとは思わなかったんでしょ」

「う、うん」

茉莉花《まりか》はあくまでも明るく言う。このセリフにも、強がりの形跡はない。

「見くびってもらっちゃ困るなぁ」

「元々補欠になるかもって話だったんだよ。最初から納得の上だって」

「それは知ってるけど……」

普通なら、そう簡単に割り切れるものではないとアリサは思った。

「それにミラージ・バットも面白いしね。マジック・アーツ程じゃないけど」

「楽しんでくれているんだね？」

黙って話を聞いていた勇人《ゆうと》がここで口を挿《はさ》む。

茉莉花《まりか》は明るい表情を崩さなかった。

「はい、楽しいですよ。候補にならなかったら経験できなかった競技ですから。新しい魔法も会得《えとく》できましたし、選んでもらえて良かったと思っています」

「会長にもそう伝えておくよ」

勇人《ゆうと》は年上らしい笑みを浮かべてそう言った。

茉莉花《まりか》も笑みを浮かべている。その顔を見て、「ミーナも勇人《ゆうと》さんに打ち解けてきたのかな」

とアリサは思った。

そう感じて、彼女の顔にも自然な笑みが浮かんだ。

◇◇◇

そんな風に始まったアリサと茉莉花《まりか》の夏休みは、一日一日が濃密に過ぎていく。

この二人だけではない。明《めい》や日和《ひより》、浄偉《じようい》や役《まもる》といった彼女たちの友人も、初音《はつね》や亜季《あき》や千《ち》香《か》などの上級生も密度の濃い熱い日々を重ねている。もちろん三高や他の魔法科高校でも、生徒たちは来る九校戦に向けて己を、真っ赤に焼けた鋼を叩《たた》くようにして鍛え上げているに違いなかった。

ただ、それでも。

容赦なく襲い掛かる真夏の暑気を感じなくなるわけではない。

「あっつ……」

グラウンドに臨時で設営されたクラウド・ボールのコート。その横に置かれたベンチで、

「暑い」という単語を心の底から絞り出すように呟《つぶや》いたのは日和《ひより》だった。

「クーラージャンパーを着たら？」

同じベンチの隣で膝丈のクーラージャンパー（熱電効果による冷却機能がついた防暑用スタ

ジアムジャンパー）を着て涼を取っているアリサが、つばの広い麦藁帽子《ストローハット》の下から少し心配そうな声で、その独り言に応えた。

「蒸れるからヤダ……」

うんざりした声を日和《ひより》が返す。確かにその性質上、クーラージャンパーの通気性はゼロに近い。汗が乾くまでは暑くても外気に当たっている方が、日和《ひより》は良《い》いのだろう。

一方のアリサは肌が紫外線に弱いので、日焼けを避ける意味からもクーラージャンパーを愛用している。とはいえ急に身体《からだ》を冷やすのは体調不良につながるので余り温度を下げられず、多少マシとはいえやはり暑い思いはしているのだが。

「ピラーズ・ブレイクの練習は涼しいだろうね」

「どうかな。あれだけ大きな氷の柱が何本も立っているんだから、離れていても少しは涼しいと思うけど……。相手が壊す魔法じゃなくて融《と》かす魔法を使ったら、熱気が押し寄せてくるんじゃないかしら」

日和《ひより》の独り言めいた言葉にアリサが小首を傾《かし》げる。

アイス・ピラーズ・ブレイク――頭の「アイス」を省略して「ピラーズ・ブレイク」と呼ばれることが多い――は縦横一メートル、高さ二メートルの氷の柱を両方の陣地に十二本ずつ並べ、どちらが早く敵陣の氷柱を倒せるかを競う競技だ。だがアリサは「倒す魔法」ではなく「壊す魔法」「融《と》かす魔法」と口にした。

これはピラーズ・ブレイクのルールが「総体積の半分を失った氷柱は倒されたものと見做《みな》す」と定めているからだ。元々のルールが「倒されると負け」だから、この競技では倒されるのを阻止する魔法がディフェンスの主流。その裏をかいて、一高では「倒す」よりも「壊す」、または「融《と》かす」攻撃を重視するようになっていたのである。

「ロアガンとかミラージも涼しそう」

「ロアガンはともかく、ミラージはどうだろう……？」

「ロアガン」は「ロアー・アンド・ガンナー」の略称で、「ミラージ」は「ミラージ・バット」のことだ。日和《ひより》が涼しそうと言っているのは両方とも水の上で行われるからだが、この二つの競技では「水の上」の意味が異なる。

ロアー・アンド・ガンナーは水路をボートで進みながら水上や両岸に設置された的を撃つ競技だ。普通の意味で「水の上」であり、水温にもよるがおそらく涼しい。

それに対してミラージ・バットは人工の池に小さな足場を幾つか作り、上空に立体映像の光球を投映してこれをスティックで打つ競技だ。つまり「水の上」と言っても落下しない限り水には触れない。そしてミラージ・バットの「落下」は、大きな「事故」である。本人ではなく周りで見ている者の背筋が、「涼しく」ではなく「寒く」なるに違いない。

「クラウド・ボールもスカッシュとかラケットボールみたいに、空調が効いた室内でやるべきだとは思わない？」

「それは、そうかも」

今度はアリサも頷《うなず》いた。暑さにも日差しにも弱い彼女は、梅雨が明けた先週くらいから同じことを思っていた。

「あーっ、こんなに暑いと泳ぎたくなっちゃうな。海に行きたい。海が駄目ならプールでも良《い》いや」

子供のような声で日和《ひより》が駄々《だだ》を捏《こ》ねた。

「結局、水に戻るのね……。泳ぐの、好きなの？」

笑いながらアリサが訊《たず》ねる。

「好きだよ。この高校に水泳部があったら、クラウド・ボールじゃなくてそっちに入っていたかも」

「それは困るわ。部員が足りなくなっちゃう」

冗談めかした口調で――実際、冗談なのだろう――口を挿《はさ》んだのは初音《はつね》だった。彼女の背後にはシングルス代表の詩奈《しいな》も立っていた。

「交替ですか？　すみません、気が付かなくて」

アリサが慌てて立ち上がり、麦藁帽子《むぎわらぼうし》とクーラージャンパーを脱ぐ。日和《ひより》も焦《あせ》った顔で立ち上がっている。おしゃべりに夢中でコートが空いたのに気付かなかったのだ。

「……九校戦が終わったら、みんなで泳ぎに行く？」

コートに向かいながら、アリサが小声で隣を歩く日和《ひより》に話し掛ける。

「行きたいけど……、茉莉花《まりか》は月末にマジック・アーツの大会があるんじゃなかったっけ？」

日和《ひより》が意外感を込めて問い返した。

「うん、でも一日くらい大丈夫じゃないかな。都合を訊《き》いておくよ」

「分かった。明《めい》や小陽《こはる》を誘うのは茉莉花《まりか》の都合を確かめてからだね」

日和《ひより》の意識はすっかり海水浴、またはプールに向いていた。

十九側維慶《とくがわいちか》や田原秀気《たわらひでき》と違って親からのプレッシャーが無い為《ため》か、二人とも九校戦のことばかりに意識を占められている様子は無い。

良く言えば彼女たちは、適度にリラックスしていた。

◇◇◇

三高は一高に比べて海に近い。九校戦の練習に海岸を使っていたのは、それも一因だ。

海開きが過ぎ海水浴シーズンが到来したことで砂浜を練習には使い難《にく》くなったが、九校戦まで一週間を切った平日の今日は地元の協力で三高代表チームは最後の仕上げに集まっていた。

もっとも全ての種目が海岸を使うわけではない。今日ここで練習するのはモノリス・コードとロアー・アンド・ガンナーの二種目だ。

当然、他の種目の代表選手はそれぞれの練習場所で励んでいるはずだった。

「どう？」

「……似合っている、と思う」

「でしょ！」

得意げな顔をした同級生に、竜樹《たつき》は頭を抱えたくなった。

「一つ訊《き》いて良いか」

頭を抱えるのを我慢して、竜樹《たつき》は質問を絞り出した。

「茜《あかね》さんは何故《なぜ》ここにいるんだ？」

茜《あかね》は新人戦ミラージ・バットの選手。練習は学校に付属する演習場で行われるはずだ。ここにいるはずがない、という竜樹《たつき》の思考を現実逃避と決め付けるのは酷だろう。

「本戦のメンバーが集中的に調整したいから、という理由であたしたち一年生は一日お休み。だから応援に来たの」

「応援……？」

「そっ。応援」

竜樹《たつき》の訝《いぶか》しげな顔は、「練習が休み」という茜《あかね》の言葉を信じていないからではなかった。

「……その格好は何だ？」

「質問は一つじゃなかったの？」

悪戯《いたずら》っぽく小首を傾《かし》げる茜《あかね》は間違いなく故意犯（慣用的には確信犯）だ。

彼女は名前と同じ色の、セパレートの水着を着ていた。ビキニではない。そこまで露出が激しいものではないが、ワンピースの水着に比べればやはり肌色の面積が広い。この格好で応援するのは、サーフィンかビーチバレーくらいだろう。断じて、モノリス・コードを応援する格好ではないし、ロアー・アンド・ガンナーを応援するコスチュームでもなかった。

その証拠に、茜《あかね》の背後でレイラ（劉麗蕾《リウ・リーレイ》）がウンウンと頷《うなず》いている。ちなみにレイラも茜《あかね》と色違いの水着姿だった。レイラの表情を見る限り、茜《あかね》に無理強いされたものと思われる。

「海水浴に来たのなら、別の浜に行くべきだ。ここは危ないぞ」

茜《あかね》の挑発に乗らず、竜樹《たつき》は真面目くさった表情で茜《あかね》に忠告した。モノリス・コードは基本的に、海の中には影響を与えない。だが流れ弾が皆無とは保証できない。

また、ロアー・アンド・ガンナーは水上を小型ボートで疾走する。その速度は水上バイクの巡航速度に近い。魔法で動かすボートは通常の船舶と違って急停止が可能だが、衝突のリスクは決して小さくない。事故の当事者になれば、魔法師でもただでは済まないだろう。

「応援だって言ってるじゃん」

茜《あかね》はそう言って、竜樹《たつき》の反応を待たずに「あっ！」と声を上げた。

「真紅郎《しんくろう》くーん！」

そして、手を振りながら走り出す。砂浜にも拘《かか》わらず軽快な足取りだった。

その姿を竜樹《たつき》だけでなく左門《さもん》も、チームメイトの百目鬼《どうめき》善雄《よしお》も呆気《あつけ》に取《と》られて見送っていた。

「……茜《あかね》さんは吉祥寺《きちじょうじ》先輩と、その、随分親密みたいだな」

左門《さもん》のセリフには戸惑いがたっぷりとトッピングされていた。

「茜《あかね》さんのお兄さんと吉祥寺《きちじょうじ》さんは親友だからな。交流があっても不思議ではない」

そういう竜樹《たつき》の声にも意外感がある。親しいとは推測していたが、ここまで距離感が近いとは思っていなかったのだ。

茜《あかね》に纏《まと》わり付《つ》かれて吉祥寺《きちじょうじ》はたじろいでいる。だが彼も茜《あかね》のことを邪険にはしていない。

「付き合っているのかな？」

善雄《よしお》がストレートな疑問を呟《つぶや》いた。

「まだ付き合ってはいないようですが……」

時間の問題でしょう、と声に出さずに付け加えてレイラが茜《あかね》の許へ歩いて行く。

「茜《あかね》さんが応援する相手は俺たちじゃなくて先輩だな……」

左門《さもん》の指摘に、竜樹《たつき》は「そうだな」と起伏の無い口調で頷《うなず》いた。

いきなり茜《あかね》に纏《まと》わり付《つ》かれた吉祥寺《きちじょうじ》は、気恥ずかしさより驚きに支配されていた。

「茜《あかね》ちゃん、何故《なぜ》ここに？」

まず吉祥寺《きちじょうじ》の口から出たのは、竜樹《たつき》と同じ質問だ。表面的な事情を知る者ならば、同じ疑問を懐《いだ》く状況だった。

「本戦出場のお姉様方が集中的に調整したいと仰って、あたしたち一年生にはお休みをくれたの」

吉祥寺《きちじょうじ》の問い掛けに対する答えの所々で口調に棘《とげ》を生やして、茜《あかね》はニッコリ笑った。

「そんな馬鹿な……」

吉祥寺《きちじょうじ》が呻《うめ》く。確かに得点配分は本戦の方が高い。新人戦の二倍だ。

だが調整を必要としているのは一年生も同じだ。魔法的、身体的な調整も、CADの調整も。

むしろ一年生の方が、経験が少ない分だけ調整不足は事故のリスクを高めてしまうだろう。

研究者であり技術者でもある吉祥寺《きちじょうじ》には到底看過できない話だった。

「何故《なぜ》そんな無茶苦茶がまかり通っているんだ……？」

「真紅郎《しんくろう》君、知らないの？」

茜《あかね》は吉祥寺《きちじょうじ》が驚いていることに驚いた。

「百家《ひゃっけ》の父兄は今度の九校戦に気合いが入りまくっているのよ」

「百家《ひゃっけ》が？　じゃあもしかして、ミラージ・バットの代表も百家《ひゃっけ》の子？」

「うん、二人とも百家《ひゃっけ》の人。相当プレッシャーが掛かっているみたいで……。先輩たち、随分きつそうだったな」

茜《あかね》の声には「自分は百家《ひゃっけ》じゃなくて良かった」という想《おも》いが滲《にじ》んでいた。

吉祥寺《きちじょうじ》は吉祥寺《きちじょうじ》で、自分がアドバイスをしているモノリス・コード本戦代表の後輩が気負いすぎているくらい気合いに満ちている理由が分かったような気がしていた。

しかし、そうすると別の点が気になってくる。

「茜《あかね》ちゃん、理由は知ってる？」

「むしろ何で真紅郎《しんくろう》君が知らないの？」

呆《あき》れ顔《がお》の茜《あかね》に吉祥寺《きちじょうじ》は「うっ……」と言葉に詰まってしまう。

「何か国防軍の上の方で新しい魔法師部隊を組織しようという動きがあるみたい。軍の民間協力者という位置づけで、戦闘力を持つ魔法師をあらかじめリストアップしておくのが目的らしいわよ」

「それを百家《ひゃっけ》の中から？」

「うん。十師族《じゅっしぞく》以外から使えそうな魔法師を囲い込む計画だとか。何か、議員さんとかより上の人たちの意向みたいね」

「議員って、国会議員？」

吉祥寺《きちじょうじ》は顔に不審感を満載にして茜《あかね》に訊《たず》ねる。

「うん、国会議員」

茜《あかね》はあっさり頷《うなず》いた。

「国会議員より上って……」

誰なんだ、という言葉を吉祥寺《きちじょうじ》は呑《の》み込む。
そんな彼に、茜《あかね》は無邪気な笑顔を向けていた。

【2】前夜

二〇九九年八月一日、土曜日の夜。

今年の九校戦は二日の日曜日が前夜祭パーティーで、四日の火曜日に開幕のスケジュールになっている。遠方の学校は今日の内から会場に隣接するホテルに泊まっているが、一高や三高は明日出発だ。

アリサの部屋では茉莉花《まりか》が明日からの宿泊の支度を手伝っていた。九校戦は十四日まで続く。二日にチェックイン、十五日にチェックアウトだから、前夜祭パーティーを含めてホテル暮らしは二週間に及ぶ。服は制服やユニフォームがメインになるとは言え、持っていく物はそれなりの量になる。

女子の場合は特に、量だけでなく種類も悩みどころだ。二人はクローゼットを開け放ち箪笥《たんす》をひっくり返して、スーツケースを前に「これが可愛《かわい》い」「こっちが良《い》い」「これも必要」と大騒ぎしていた。

膨れ上がったスーツケースをなんとか閉めて、アリサは一息《ひといき》吐いた。

「ミーナ、本当に来ないの？」

そして今更の問い掛けを茉莉花《まりか》に投げる。

「アーシャの応援には行くよ。明《めい》の試合も多分、見に行く」

茉莉花《まりか》は意図的に焦点をずらした答えを返した。

「そうじゃなくて」

アリサが苛立《いらだ》った声を上げる。彼女の質問は「一緒に泊まらないのか」という意味だ。

「会長も他の皆さんもスタッフとして選手団に残るよう勧めてくれたんでしょう？」

「アーシャ、もう明日だよ。今から変更なんてできないよ」

チェックインは明日。これは完全に茉莉花《まりか》の言うとおりだから、アリサも「それはそうだけど……」と不承不承引き下がるしかない。

「大体、あたしがいたって役に立たないって。CADを調整する技術は無いし、参謀は足りているし」

これも反論しようのない事実だ。

「あたしの出番があるとすれば明《めい》やいちかに何かあった時だけど……。そんなの、起こらない方が良《い》いに決まっているしね。全国大会に向けて、こっちで練習してるよ」

九校戦が終わった後、月末にマーシャル・マジック・アーツの全国大会が予定されている。茉莉花《まりか》にとってはそちらの方が重要だということは、アリサにも分かっていた。

アリサはそれ以上、この話題を蒸し返さなかった。

◇　◇　◇

同日の夜遅く、誘酔早馬《いざよいそうま》のアパートに紀藤《きとう》が訪ねてきた。

「何か緊急の御用ですか？」

紀藤《きとう》を部屋の中に招き入れ、向かい合わせに腰を下ろした直後、早馬《そうま》は前置きを省いてそう訊《たず》ねた。

早馬《そうま》と紀藤《きとう》は共に元老院《げんろういん》・四大老《しだいろう》の一人、安西勲夫《あんざいいさお》に仕えている。彼らが安西《あんざい》の部下であることは秘密であり、生徒と教師以上の関係を疑われるのは避けなければならない。お互いの自宅を訪問するのは、この禁に抵触していた。

「御前より、お言葉を預かってきた」

「御前」というのは彼らの間で主人の安西《あんざい》を指す。

紀藤《きとう》のこの答えに、早馬《そうま》の背筋が無意識に伸びた。

「九校戦では目立ちすぎるな、との仰《おお》せだ」

「心得ています」

紀藤《きとう》が伝えた言葉に、早馬《そうま》は何の抵抗感も無く頷《うなず》いた。早馬《そうま》も国防予備隊のことは耳にしている。それが矢間渡道具《やまとみちとも》という名の元老員《げんろういん》の発案ということも。

矢間渡《やまと》は近衛師団《このえしだん》幹部を務めた家柄の出身で、首都の治安に強い影響力を持つ。どちらかと言えば警察関係に強い人物だが、国防軍への影響力も元老院《げんろういん》の一員に相応《ふさわ》しいものがある。矢間渡《やまと》を元老員と知らない者たちにとっても、彼が持つパイプの価値は大臣経験者の政治家のコネを凌《しの》ぐ。百家《ひゃっけ》だけでなく、事情に通じている魔法師の多くが国防予備隊に目の色を変えているのは、民兵の地位が欲しいのではなく矢間渡《やまと》と縁をつなぐことが目的だった。

そういうわけなので既に安西《あんざい》の駒となっている早馬《そうま》としては逆に、国防予備隊候補として目を付けられるのはよろしくない。大人たちが家のアピールの場と皮算用を弾いている今回の九校戦で目立つべきではないというのは、命じられるまでもなく弁《わきま》えている早馬《そうま》だった。

しかし彼はすぐに「おやっ？」という表情を浮かべる。

「目立ちすぎるな、ですか？　それは、ある程度は活躍しても良いと？」

「一高の代表選手が全く活躍しないのは不自然だ。何か思惑があって手を抜いていると思われるのは、避けなければならない」

「なる程、微妙なバランスが必要なのですね」

紀藤《きとう》のセリフは、またしてももっともなものだった。

しかし成し遂げる必要が理解できるからこそ、早馬《そうま》は「思ったよりも大変そうだぞ」と内心で頭を抱えた。

◇◇◇

八月二日、日曜日の朝。

一条家《いちじょうけ》の玄関では、父親の剛毅《ごうき》を除く家族が九校戦に向かう茜《あかね》の見送りに立っていた。その中には夏休みで実家に戻っている将輝《まさき》と、茜《あかね》の同居人であるレイラの姿もあった。

母親、妹の順に言葉を交わした後、茜《あかね》は将輝《まさき》に「レイちゃんのこと、よろしくね」と真面目な顔で頼んだ。

九校戦の選手に選ばれていないレイラは、当然だが茜《あかね》に同行しない。茜《あかね》の試合には応援に行く予定だが、それ以外の日はいつもなら一緒にいる二人が全くの別行動だ。

しかし茜《あかね》の真面目な表情は、単に親友であり義理の従妹である少女が寂しくないように気を配っただけのものではなかった。そこにはもっと深刻な理由があった。

茜《あかね》がレイラと常に行動を共にしているのはレイラの——大亜連合《だいあれんごう》の戦略級魔法師、劉麗蕾《リウ・リーレイ》の監視と、いざという時の拘束という使命を担《にな》っているからだった。もちろん一緒にいる理由はそれだけではなく、レイラに対しては友情も家族としての愛情もある。

だが国防軍の要請に応じて一条家《いちじょうけ》が茜《あかね》を劉麗蕾《リウ・リーレイ》に引き合わせたのは、茜《あかね》が［神経攪乱《しんけいこうらん》］を使えるからだった。

いざという時は［神経攪乱《しんけいこうらん》］で劉麗蕾《リウ・リーレイ》を無力化して拘束する。ただこの魔法は相手と接触しなければ使えない。だから常に茜《あかね》を、手を伸ばせば劉麗蕾《リウ・リーレイ》に届く距離に置いておく。これが、他国の戦略級魔法師を国内に留まらせる為《ため》に、国防軍が掛けた保険だ。逆に言えば茜《あかね》が側にいるから劉麗蕾《リウ・リーレイ》は、『一条《いちじょう》レイラ』として大きな自由を許されているのだった。

一条《いちじょう》レイラの正体を知る国防関係者の本音は、彼女を九校戦の代表に選んで茜《あかね》と行動を共にさせたかったに違いない。だが三高は、そこまで政府に忖度《そんたく》しなかった。九校戦は魔法科高校の生徒にとって、将来に大きな影響を与えるイベントだ。また競技の実力が明らかに劣っているレイラを代表に選んだりしたなら、彼女には権力者に配慮しなければならない何かがあると認めるようなもの。その点を考慮して軍も三高に圧力を掛けたりしなかった。

茜《あかね》がレイラの側を離れている間、代役に選ばれたのが兄の将輝《まさき》だ。国家公認戦略級魔法師である将輝《まさき》ならば、政府や軍から文句を付けられることはない。それを十分に理解している将輝《まさき》は、妹の言葉に「任せておけ」と頷《うなず》いた。

茜《あかね》は神妙な顔でその応えを聞いていた。彼女に課せられた務めを考えれば当然の反応だ。

しかしその直後、茜《あかね》はにんまりと笑った。

「でもよろしくしすぎないでね」

「あ、茜《あかね》！」

これにはまず、レイラが狼狽《ろうばい》を露《あら》わにした。

「……何だよそれは」

反問する将輝《まさき》は、慌ててこそいないものの不機嫌を隠せていなかった。

「何だって言われてもねぇ。言葉どおりの意味だよ」

「お前は何を言っているんだ」

「でもレイちゃんは何かあった方が良《い》いかもね」

「茜《あかね》！　何を言っているんですか！」

「まあまあ二人とも。責任ある行動をってことで。じゃあ、行ってきまーす」

茜《あかね》は赤面するレイラと仏頂面《ぶっちょうづら》の将輝《まさき》に小悪魔な笑顔を向けて、軽やかな足取りで出立した。

◇◇◇

九校戦の会場は、今年も富士山《ふじさん》の裾野にある国防軍の演習場内に造られている。一高の選手団は例年どおり一旦学校に集まり、そこからバスに乗って会場を目指した。

バスは順調にハイウェイを進む。途中で事故に巻き込まれ、危うく死傷者が出る大惨事になるところだった四年前のようなことは滅多に起こるものではない。

ただバスが事故を起こしたり事故に巻き込まれたりしなくても、全くの問題無しとは行かなかった。旅程の半分を過ぎた辺りで、生徒の一人が体調を崩してしまったのである。

「いちか、顔色が悪いよ。大丈夫？」

青ざめた顔を苦しげに歪《ゆが》めている維慶《いちか》に、隣の席の明《めい》が心配そうに訊《たず》ねる。

「あんまり大丈夫じゃない……」

か細い声で答える維慶《いちか》。強がる余裕も無いようだ。

詩奈《しいな》と亜季《あき》が席を立って気遣わしげに寄ってきた。

「何処《どこ》が苦しいの？　吐き気は？」

「お腹《なか》が、痛い……。吐き気は、無い、かな……」

明《めい》の問い掛けに、途切れ途切れに維慶《いちか》は答える。

「バス酔いではないようですね……。痛み止めを飲みますか？」

亜季《あき》の問い掛けに、維慶《いちか》は「そうします」と頷《うなず》いた。

別の生徒が家庭用の弱い鎮痛薬を持ってきて明《めい》経由で維慶《いちか》に渡す。維慶《いちか》がカプセル剤を口に含むのを見て、明《めい》が手に持っていた水のコップを彼女に手渡した。

水を半分だけ飲み、維慶《いちか》は御礼《おれい》を言いながら明《めい》に返す。

「椅子を倒して楽な姿勢になった方が良《い》いですね」

それを心配そうに見詰めていた詩奈《しいな》が維慶《いちか》にこう勧めた。

「すみません、こういう状況ですので補助席に移ってもらえませんか」

そして詩奈《しいな》は、後ろの席の生徒に協力を依頼する。

維慶《いちか》の席は窓側で、その後ろは浄偉《じょうい》。明《めい》の席は通路側で、その後ろは役《まもる》。

浄偉《じょうい》と役《まもる》は即座に承諾の返事をした。そして一つずつ席をずれて、役《まもる》が補助席に座った。

二人に御礼《おれい》を言おうと身体《からだ》を起こしかけた維慶《いちか》を手で制して、明《めい》が代わりに感謝を告げる。

維慶《いちか》は自分で椅子の背もたれを限界まで倒して、横向きに身体《からだ》を預けた。

◇◇◇

生徒たちからは『前夜祭パーティー』と呼ばれる九校戦開幕前のパーティーは、正式には『国立魔法大学付属高校親善魔法競技大会懇親会』という長い名称がある。ちなみに九校戦の正式名称は『全国魔法科高校親善魔法競技大会』だ。片方が『国立魔法大学付属高校』でもう片方が『魔法科高校』であることにはつまらない事情があるのだが、それを気にしている人間はいない。

建前上、このパーティーは各校の生徒同士の交流が目的。とはいえ最初からいきなり、違う学校の生徒を強制的に混ぜたりはしない。パーティー会場に集まった各校生徒は、学校ごとに分かれていた。

もちろん一高生も一箇所に固まっている。その集団の中で、アリサが明《めい》に小声で話し掛けた。

「明《めい》、いちかの具合は？」

「まだちょっと良くないみたい。部屋で横になっているわ」

「そう……」

明《めい》の答えを聞いて、アリサが眉を曇らせる。

「いちかさん、大丈夫でしょうか……」

技術スタッフとして参加している小陽《こはる》が、心配そうな顔で会話に加わった。

日和《ひより》も似たような表情で明《めい》に目を向けている。

「明日になっても体調が戻らなかったら、お医者様に診てもらうことにする」

「そうだね……それが良《い》いよ」

明《めい》の応えに、アリサが憂い顔のまま頷《うなず》いた。

◇◇◇

例年どおりの短くない来賓のスピーチが終わって、生徒同士の懇親がスタートする。二、三年生は前回の大会や他の機会で作った知り合いを見付けて話し掛けていたが、一年生は何処《どこ》の学校でも切っ掛けを摑《つか》めずにいた。

その中で先陣を切ったのは、おそらく会場の一年生の中で最も有名で注目されている三高の女子生徒だった。

「十文字《じゅうもんじ》さん。ちょっと良《い》いかしら」

三高の一条茜《いちじょうあかね》が一高の集団へ歩み寄り、アリサに話し掛ける。

「一条《いちじょう》さん。何でしょう」

アリサはそれに、慌てもせず、驚きもせず、かと言って親しげでもなく普通に応じた。

この二人が直接顔を合わせたのは先日行われた一高と三高のマジック・アーツ対抗試合で生じたトラブルの際の、ほんの短い時間が唯一だ。だがアリサは茜《あかね》が自分を覚えていたことに疑問を覚えず、茜《あかね》もアリサの反応を当然のものと受け止めていた。

「遠上《とおかみ》さんは来ていないんですか？」

「彼女は代表に選ばれませんでした」

茜《あかね》がいきなり茉莉花《まりか》のことを訊《たず》ねても、アリサは戸惑わなかった。茜《あかね》が茉莉花《まりか》に関心を持つのは少しも意外ではなかったし、彼女が自分に何かを訊《たず》ねるとすれば茉莉花《まりか》のこと以外に無いとアリサは薄々思っていた。

「そう。残念ね」

「あの子もきっとそう思っていますよ。一条《いちじょう》さんと月末の大会で当たるのを楽しみにしていますから」

「あたしも楽しみにしている。良かったらそう伝えておいてください」

「ええ、喜んで」

何事もなかったように二人は別れ、茜《あかね》は三高の仲間のところへ戻った。

アリサにも今の一幕を意識に止めている様子は無い。彼女は日和《ひより》に誘われて一緒にオードブルを取りに行った。

茜《あかね》との会話で関心を寄せられることはなかったが、アリサは別の意味で注目されていた。

緩やかにうねる淡い金髪。濃い緑の瞳と、明らかに人種が異なる白い肌。アリサは日露ハーフだが、見た目はほぼ白系ロシア人だ。各国が魔法師を国内に囲い込んで以来、彼女のような外見の若い魔法師は珍しい。

それに加えてアリサは、整った容姿の者が多い魔法師の中でも際立《きわだ》っている美貌の持ち主だ。多くの視線を集めるのはある程度、当然の成り行きと言えた。特に同年代の異性が彼女に目を惹《ひ》かれるのは、やむを得ない部分があった。

「……アリサさん、大丈夫ですか？」

小陽《こはる》が維慶《いちか》の容態を心配していた時と似たような声でアリサに話し掛けた。四ヶ月も一緒にいれば、お互いの性格はある程度分かってくる。小陽《こはる》の問い掛けは大勢の視線をストレスとするアリサを気遣うものだ。

「大丈夫だよ」

アリサはこう答えたが、強がっているのは明らかだった。

「会長にお願いしてホテルに戻らせてもらったら？」

アリサの表情を見てそう思った日和《ひより》がパーティーを早退するよう勧める。

「でも……」

躊躇《ためら》うアリサ。やはり一年生から言い出すには、ハードルが高い内容だ。

その肩が背後から「ポンッ」と叩《たた》かれた。

「十文字《じゅうもんじ》さん、無理はしなくて良いですよ」

振り返るアリサ。

「会長……」

そこには微笑《ほほえ》んでいる詩奈《しいな》がいた。

「以前は途中で来賓のスピーチがありましたが、去年からそれは無くなりました。理由も無く途中退席するのは控えて欲しいのですが、不調を覚えているのであれば部屋に戻ってください。とにかく無理は禁物です」

「無理はしなくて良い」から「無理は禁物」に変わっている。詩奈《しいな》は後輩が無理をして寝込むという事態が余程嫌なようだ。

「……分かりました。すみません、お先に失礼させていただきます」

これ以上我慢しても、余計に気を遣わせてしまうだけだろう。アリサはそう考えて部屋に戻ることにした。

「会長、あたしが付き添います」

同室の日和《ひより》が詩奈《しいな》に申し出る。

詩奈《しいな》の「ええ、お願い」という返事を聞いて、アリサと日和《ひより》はパーティー会場を後にした。

◇　◇　◇

「寝てなくて良いの？」

九校戦期間中の宿泊先であるホテルの部屋に戻り楽な格好に着替えた日和《ひより》が、同じくルームウェアに着替えを終えたアリサに心配そうな声で問い掛けた。

「大丈夫だよ。身体《からだ》の具合が悪かったわけじゃないし」

アリサは視線のストレスに曝《さら》されただけだ。日和《ひより》もそれは理解していて、横になるようしつこく勧めはしなかった。

「私よりも、いちかが心配」

アリサが沈んだ声で呟《つぶや》く。

「そうだね……。様子を見に行った方が良《い》いかな？」

それに日和《ひより》が同調し、アリサの意見を求めた。

「うーん……。ゆっくり寝かせておいてあげる方が良《い》いと思う」

アリサの答えに、日和《ひより》は「そうなの？」と少し意外そうな声を漏らす。

「いちかの腹痛は多分、神経性のものじゃないかな」

「ストレスの所為《せい》ってこと？」

「多分だけど」

上京したばかりの頃、アリサはよくストレスで体調を崩していた。魔法修得のプレッシャーもあったし、慣れない生活環境ということもあった。自分を「不義の子」と認識していたアリサは十文字家《じゅうもんじけ》の家族に対する遠慮もあった。単純に、東京《とうきょう》の人の多さに参っていたという面もあった。

そういう様々な要素が積み重なった結果、中学二年生になったばかりのアリサは機能性ディスペプシア――俗に言う神経性胃炎――で二ヶ月ほど学校を休んだり早引けしたりを繰り返した。これは茉莉花《まりか》には内緒だ。

維慶《いちか》の体調不良は、あの時の自分の状態をアリサに思い出させるものだった。

「そう言えば彼女、かなりプレッシャーを感じていたみたいだった」

日和《ひより》の言葉にアリサも「そうだね」と同調する。維慶《いちか》が親からの期待を重荷に感じているのは、代表チーム一年生女子のほぼ全員が察していた。最終的に代表を外れた茉莉花《まりか》も心配して時々本人に声を掛けていたくらいだ。

「でも身体《からだ》に痛みを感じるほど思い詰めていたなんて」

日和《ひより》の声には「気付いてあげられなかった」という後悔が混じっていた。

アリサはこれにも、同感だった。

◇◇◇

九校戦の宿泊に用意された部屋はツインルームで、ペア競技のパートナーを相部屋にするのが一高の基本方針だ。この原則に従って、役《まもる》はスピード・シューティングでペアを組む田原秀気《たわらひでき》と同室になった。

ところで役《まもる》は秀気《ひでき》のことを良く知らない。一緒に練習をした時間以外で、秀気《ひでき》と一緒に過ごすことは無かった。だから部屋の中で秀気《ひでき》が見せた神経質な態度は、彼にとって大層意外なものだった。練習中の自己主張が強いプレイから、もっと強気な性格だと思っていたのだ。

秀気《ひでき》は役《まもる》が立てる物音に、一々過剰な反応を示した。彼がタブレット端末をテーブルに置いた音にすら反応して、競技に使うランチャーを点検する手を止めた程だ。

「……そろそろ寝ない？」

日付が変わったところで、眠くなった役《まもる》が声を掛けた。

「っ、そうだな」

秀気《ひでき》はビクッと肩をふるわせて、背中を向けたまま答える。その返事は「そっ、そうだな」

とも聞こえる嚙《か》み気味のものだった。

秀気《ひでき》が手を洗いに行っている間に、役《まもる》はベッドに潜り込んだ。

戻ってきた秀気《ひでき》は、無言でベッドに入り何も言わずに照明を消した。

闇の中で何度も小さな寝返りを打つ音が役《まもる》の耳に届いた。

そんな秀気《ひでき》の落ち着きの無さに対して、「まるで何かに追い立てられているようだ」と役《まもる》は感じた。

◇◇◇

早馬《そうま》はモノリス・コードの選手で、この競技は三人一チームの編成だ。同じ競技の出場者が相部屋になるという基本方針からすると、一人余る。彼のルームメイトはピラーズ・ブレイクのソロに出場する勇人《ゆうと》だった。

懇親会のパーティーと九校戦開幕日の間は、選手が体調を整える為《ため》に一日空いている。その休息日の夜、就寝準備を整えてベッドに腰を下ろした勇人《ゆうと》が「良くないな……」と呟《つぶや》いた。

「何がだ?」

早馬《そうま》の問い掛けに、勇人《ゆうと》は「えっ?」という表情を見せた。彼の呟《つぶや》きは完全な独り言で、口に出したという自覚も無かったのだ。

「何が、良くないんだ？」

早馬《そうま》が重ねて問う。

「あ、ああ……。どうも、気負いすぎている選手が多いような気がしてな」

「一年生の十九側《とくがわ》さんのことか？」

一晩寝て維慶《いちか》は腹痛を感じなくなっていたが、念の為《ため》に今日、ホテルに常駐している国防軍所属の女医に診てもらった。診断結果は、アリサが推測したとおりだった。

「彼女だけじゃない。他にも過剰にプレッシャーを抱え込んでいるんじゃないかと思われる選手が何人もいる」

「例えば、一年の田原《たわら》とか？」

「早馬《そうま》も気付いていたか」

勇人《ゆうと》の声に意外感は無かった。日頃から、早馬《そうま》は他人のことを良く見ている。それを勇人《ゆうと》は知っていた。

「うちの生徒だけじゃないな。他校の生徒にも同じような顔をしているやつが何人もいた」

「そうなのか。そこまでは気が付かなかった」

お世辞ではない感心の表情を勇人《ゆうと》は浮かべた。

そしてすぐに、眉を顰《ひそ》める。

「……これはやはり、例の件が影響しているのだろうか？」

雑談とは一線を画する口調で勇人《ゆうと》はそう零《こぼ》した。

「国防予備隊とかいう、あれか？」

「そう、それだ」

早馬《そうま》が国防予備隊の話を知っていることについて、勇人《ゆうと》は不審感を懐《いだ》かなかった。

勇人《ゆうと》は早馬《そうま》の苗字《みょうじ》が、元々は『十六夜《いざよい》』だったことを本人から聞いていた。

「親が子供に期待するのは当然だと思うが、今回のこれは行き過ぎているような気がする」

「家の浮沈を子供に押し付けるのは、確かに時代が違うような気がするな」

勇人《ゆうと》が懐《いだ》いている違和感を、早馬《そうま》がはっきりと言語化した。

「時代錯誤か。そうだな……」

その指摘は勇人《ゆうと》にとって、しっくりくるものだった。

【3】九校戦開幕

八月四日。二〇九九年の九校戦が開幕した。この日から七日までの四日間で本戦の前半、八日から十一日までは新人戦、十二日から本戦の後半が行われ十四日に十一日間の熱闘が幕を閉じる。

一日目の競技はアイス・ピラーズ・ブレイクとロアー・アンド・ガンナーのペア競技。アイス・ピラーズ・ブレイクは予選だが、ロアー・アンド・ガンナーは一日で順位が決まる。またロアー・アンド・ガンナーは午前中が男子、午後が女子と男女で分けられている。それに対してアイス・ピラーズ・ブレイクは、男女の試合が並行して行われる。

今日の競技にはアリサたちが個人的に親しくしている先輩や課外活動の先輩は出場していない。だからかえって、何処《どこ》の応援に行くのか決めるのに時間が掛かった。

迷っていた四人——アリサ、明《めい》、日和《ひより》、小陽《こはる》——に「一緒に観戦しよう」と声を掛けたのは千香《ちか》を連れた亜季《あき》だった。

「……あの、北畑《きたはた》先輩ですよね？」

明《めい》が遠慮がちに訊《たず》ねる。日和《ひより》と小陽《こはる》はそれを聞いて「えっ？」という驚きの表情を浮かべた。

今日の千香《ちか》はストレートロングのウィッグをつけた淑女モードだった。

「ええ、そうよ。そんなに分かり難《にく》いかしら？」

千香《ちか》が頬に手を当てて困っているような、表情を浮かべる。

その一方で、彼女の口角は悪戯《いたずら》っぽく、わずかに上がっていた。

「自分でも分かっているんでしょう。貴方《あなた》のそれは、最早《もはや》別人なのよ」

横から亜季《あき》が呆《あき》れ声で口を挿《はさ》む。アリサには既視感のある光景だ。

亜季《あき》のツッコミに、日和《ひより》と小陽《こはる》は何度も首を縦に振った。

「えーっ、そうかしら？」

それが千香《ちか》には不満だったようだ。「ご機嫌斜め」の流し目——それでも色っぽかった——を日和《ひより》たちに向ける。

「それより先輩。何か御用でしょうか」

千香《ちか》が癇癪《かんしゃく》を起こすと考えたわけではないが、アリサはそう訊《たず》ねることで先輩二人の注意を引いた。

「用事じゃないわ。一緒に観戦しないかなって、誘いに来たの」

「お誘いですか？」

「何だか、迷っているみたいだったから」

見られていたのは意外だった。同時に、最上級生ともなればそんなところにまで目を配るのかと、アリサは感心した。

「ありがとうございます。ご一緒させていただきます」

アリサの答えに、他の三人も不満は無かった。

亜季《あき》が一年生を連れて行ったのは女子アイス・ピラーズ・ブレイクの会場だった。

理由は訊《き》くまでも無かった。千香《ちか》がアイス・ピラーズ・ブレイクソロの選手だからだ。

近接格闘技のマジック・アーツと大威力の魔法を必要とするピラーズ・ブレイクの間には、余り共通点が無いように思われる。だからといって、千香《ちか》がピラーズ・ブレイクに適していないという結論にはならない。魔法師は超能力者《サイキック》と違って一種類か二種類の能力しか使えないわけではないのだ。

千香《ちか》がどんな魔法で戦うのかは、明日に予定されているソロの予選を見れば分かるだろう。アリサは取《と》り敢《あ》えず、今はペアの試合を応援することにした。

「……やっぱりこの競技は迫力ですねぇ」

鳴り響く轟音《ごうおん》の中、小陽《こはる》が興奮した顔で楽しそうに言う。確かに二トン近い氷の塊が倒れたり砕け散ったりする様は迫力満点だ。だがアリサは、それを楽しむ気分になれなかった。

高威力の魔法が飛び交い、目の前で派手な破壊が演じられる。その光景は魔法の暴力的な側面を露《あら》わにしているようで、アリサは少し気分が悪くなった。

多分アリサは、今の魔法師の在り方が好きではないのだ。災害対策は別として、国防や治安の戦力としての役割に対する抵抗感を拭えないのだろう。彼女が攻撃用の魔法を苦手としているのも、おそらくそこに原因がある。

それでもアリサは友達や先輩の手前、嫌がっている素振りを少しも見せずに最後まで応援を続けた。

その甲斐《かい》あってというわけでもないだろうが、一高ペアは無事決勝リーグに進んだ。

◇◇◇

「……って感じで、結局今日は夕方まで北畑《きたはた》先輩と一緒だったんだよ」

『そうなんだ。今日は部長、ずっとあっちの格好だったんだね』

「そうなの。明《めい》なんて、最後まで慣れない感じだった」

『アーシャは馴染《なじ》んだみたいだね』

ビデオ通話にした端末のスピーカーから聞こえてくる茉莉花《まりか》の声に、アリサは笑いながら「まあね」と答えた。茉莉花《まりか》との電話で、無理に平気な顔をしていた精神的な疲れが癒やされていくのをアリサは感じた。

ちなみに日和《ひより》は今、入浴中だ。アリサは存分に、二人だけの時間に浸っていた。

『明日は部長の試合でしょ。そっちに、応援に行くから』

「そうなの？　予選は来ないって言ってたのに」

『そのつもりだったんだけど、先生方が有志でマイクロバスを出してくれるんだって』

「そんな話、無かったよね……？」

携帯端末の小さな画面の中で、茉莉花《まりか》が「うん」と頷《うなず》いた。

『今日のお昼過ぎ、学校でマジック・アーツの練習をしていたら急にそんな伝言が回ってきたの。あたしみたいにホテルが取れなかった生徒も、会場で応援できるようにって』

「じゃあ日帰り？」

『そう。だから毎日は無理だけど、部長と委員長の試合は見に行くよ。もちろんアーシャの試合もね』

千香《ちか》の試合は予選が二日目の明日、決勝リーグが九日目。

委員長、つまり亜季《あき》の試合は四日目で、アリサの試合は六日目だ。

茉莉花《まりか》は大体一日おきに、東京《とうきょう》とこの富士山《ふじさん》の裾野を往復するつもりでいることになる。

「本当に、泊まれば良かったのに……」

行き帰りだけで疲れてしまうのでは、とアリサは心配した。

『あはは。運転する先生は大変だろうけど、あたしは乗ってるだけだから大丈夫だよ』

高速道路だけでなく、八王子《はちおうじ》の学校からこの会場までは、ほぼ全区間の道路が管制システムでカバーされており、自動運転が可能になっている。とはいえ生徒を乗せている以上、機械に任せきりというわけにはいかない。運転席に座る教師はそれなりに神経を使うことになる。

茉莉花《まりか》が言うように、引率を引き受けた教師は大変だ。「良く引き受けてくれる先生がいたね……」とアリサは思った。

『そんなわけだから。アーシャ、明日ね』

「うん。会えるの、嬉《うれ》しい」

『あたしも』

通話が切れる。

タイミングを見計らったように浴室から出てきた日和《ひより》がアリサへ目を向けて「何か楽しいことがあった？」と少し不思議そうに訊《たず》ねた。

◇◇◇

朝食と夕食は、各校が割り当てられた時間で三箇所のレストランを利用する。つまり三校ずつ三交代制で食事をする決まりになっている。

「――いちか！ もう大丈夫なの？」

二日目の朝、それまで食事も特別に部屋で済ませていた維慶《いちか》が明《めい》に付き添われてレストランに姿を見せた。

駆け寄ったのは維慶《いちか》が親しくしている一年B組のクラスメート。アリサも会話には割り込まなかったが、維慶《いちか》を取り囲む人垣に加わった。

「うん、もう大丈夫」

維慶《いちか》はクラスメートに笑顔で答えた。

アリサには、彼女が無理をして笑っているように見えた。


三箇所あるレストランの内には横長のテーブルを使った「食堂」という雰囲気の店もあるが、今日の朝食に割り当てられたところは壁際《かべぎわ》に料理が置かれ四人掛けのテーブルに自分で持って行くビュッフェスタイルの店だった。

新人戦に出場する一年生女子は十人。それに技術スタッフとして二人加わっている。ちょうど三つのテーブルに分かれる人数だ。アリサは明《めい》、小陽《こはる》、日和《ひより》のいつもの四人でテーブルを囲んだ。明《めい》は同室の維慶《いちか》が気になっているようだったが、結局アリサたちに合流した。

維慶《いちか》のことが気になっているのは明《めい》だけではなかった。同級生が二日も寝込んでいたとなれば、気にならない方が嘘《うそ》だろう。

「いちかさん、大丈夫ですかね」

小陽《こはる》が維慶《いちか》のテーブルの方をチラチラと窺《うかが》いながら小声で言う。

「他校でも体調を崩している人が多いそうですし……。大きな事故が起こらなければ良いんですが」

そして、こう付け加えた。

「えっ、そうなの？」

日和《ひより》が驚いて問い掛ける。

驚きを覚えたのは、アリサも同じだった。

「ええ、救急室に運び込まれた人が出たみたいで……」

「それは大袈裟《おおげさ》よ、小陽《こはる》」

明《めい》が食事の手を止めて小陽《こはる》をたしなめる。

「明《めい》も知っているの？」

アリサは少し不謹慎と思いつつ、好奇心を抑えられなかった。

「ロアガンの試合後に気分が悪くなって、救急室で診てもらった選手がいたというのが事実よ。二高の選手なんだけどね。会長から聞いた話だから間違いないわ」

「……二高は三位じゃなかったっけ？」

日和《ひより》が口を挿《はさ》む。ロアー・アンド・ガンナー女子ペアは二高が三位、一高は残念ながら四位でポイントが取れなかった。

「だから具合が悪くなったのは試合後よ。無理をして限界以上の力を出しちゃったのかもね」

「えっ!?　それってもしかしてオーバーヒート……」

アリサの顔から血の気が引く。

「違う違う。そんなに大事じゃなかったって聞いているわよ」

明《めい》はやや慌て気味に、強く否定した。

「第一、救急室には自分の足で歩いて行ったってことだし」

「大したことはなかったのね。良かった……」

胸を撫《な》で下《お》ろすアリサ。

しかし明《めい》は、それに相槌《あいづち》を打たなかった。

「明《めい》さん?」

小陽《こはる》が明《めい》の態度に訝《いぶか》しさを示す。

明《めい》は数秒の躊躇《ためら》いを見せた後、

「ただ、その選手は家に戻ったんだって」

その一件の顛末《てんまつ》を細部まで正直に話した。

「当人が出る試合は終わったんだから、帰っても良いんじゃない?」

何でもないことのような口振りで日和《ひより》が言う。

ただそのセリフには、やや取って付けた感があった。

◇　◇　◇

茉莉花《まりか》が到着したのは最初の試合が始まる三十分前の、八時半過ぎだった。

「アーシャ、来たよ！」

「ミーナ、早かったね⁉」

八王子《はちおうじ》の一高からここまで自走車で二時間。家を出たのは六時前ということになる。

手を取り合って満面の笑みで茉莉花《まりか》と見詰め合うアリサ。

「あら、茉莉花《まりか》」

そんなアリサの背後から、おっとりした口調で茉莉花《まりか》の名前が呼ばれた。

「あっ、部長。おはようございます」

「応援に来てくれたの？」

姿勢を正して挨拶する茉莉花《まりか》に、ストレートロングのウィッグをつけた千香《ちか》が嬉《うれ》しそうに笑い掛ける。

「今日はまだ予選よ。決勝リーグからで良かったのに」

「先生が車を出してくれることになりまして」

「そうなの？　来てくれて嬉《うれ》しいわ」

客観的に聞けば二人とも千香《ちか》が予選を突破するのをまるで疑っていないようだが、千香《ちか》も茉《ま》莉花《りか》も違和感を覚えている様子は無い。

「何方《どなた》が運転してくださったの？」

「紀藤《きとう》先生です」

「そうなの……。後で御礼《おれい》をしておかなければね」

千香《ちか》はわずかに小首を傾《かし》げ、上品に微笑《ほほえ》んだ。

「予選だけど可愛《かわい》い後輩が応援してくれるのなら、ちょっと頑張っちゃおうかしら。楽しみにしてね」

「はい、応援しています」

茉莉花《まりか》に見送られ、千香《ちか》は傲慢と言うには優雅な態度で去って行く。

百合《ゆり》の花が咲き乱れる背景を幻視できそうな雰囲気に、アリサは二人の会話に加わるタイミングを最後まで見付けられなかった。

◇◇◇

「茜《あかね》さん、さっき一高の遠上《とおかみ》さんを見ましたよ」

三高のテントで茜《あかね》にそう告げたのは、同級生で遠縁の緋《ひ》色浩美《いろひろみ》だった。

「えっ、ホント？　こんなに早くから？」

「はい、十文字《じゅうもんじ》さんと一緒にいました。それと、上級生らしき一高の女子と話をしていました。内容は聞こえませんでしたが、何だか張り切っているみたいでしたよ」

浩美《ひろみ》の言葉に、茜《あかね》は首を傾《かし》げた。

「彼女、代表に選ばれていないって聞いたけど……」

「そういえば一高の女子で寝込んでいる子がいるんだって」

二人の会話を聞いていた同級生の女子が、横から口を挿《はさ》んだ。

「えっ、それ、ホント？　あたしたちと同じ一年生？」

茜《あかね》がパッと振り向いてその同級生に訊《たず》ねる。

「そ、そこまでは分からないけど……」

茜《あかね》の剣幕に圧《お》されて、その女子は嚙《か》み気味に答えを返した。

「多分そうじゃない？」

このセリフは、三年生の女子だ。

「昨日見た時は一高女子の本戦メンバーは全員揃《そろ》っていたよ」

上級生の言葉に茜《あかね》は「そうですか」と相槌《あいづち》を打ち、そのまま考え込んだ。

「地元に帰った二高の女子に続いて、今朝は八高男子に棄権する選手が出たっていうし……。今年の九校戦は何か変だよね」

変と言いながら余り不思議そうではない。その上級生は何がいつもと違うのか、心当たりがありそうな表情だった。

「遠上《とおかみ》さんは、その体調を崩した一年生の代わりに呼ばれたのでしょうか」

浩美《ひろみ》が茜《あかね》に、そう話し掛ける。

「そうかもね」

茜《あかね》は考えが纏《まと》まらないまま上の空で相槌《あいづち》を打った。

「代理かぁ。一高は近いからすぐに代わりを呼べるよね」

「それって狡《ずる》くない？」

小鳥の囀《さえず》りに似たざわめきが起こる。「狡《ずる》い」という非難に同調する内容だ。

それを聞きながら、茜《あかね》は再び物思いに沈んだ。彼女が考えていたのは、茉莉花《まりか》がどの競技に出場するのか、自分は彼女と戦えるのか。茜《あかね》は茉莉花《まりか》が代役で新人戦に出てくると、勝手に決め付けていた。

◇◇◇

アイス・ピラーズ・ブレイクは使用される魔法の威力が大きいという意味で、九校戦中最も派手な競技と言われている。戦術の幅も広く、単なる力比べには終わらない。見栄《みば》えという点

では モノリス・コードやミラージ・バットには及ばないが、総合的な魔法力に注目する専門家好みの競技と位置付けられている。

それに加えて女子部門では、もう一つ注目されるポイントがあった。

コスチュームだ。

この競技では、選手は狭い台の上から動かない。完全に魔法技能のみで競い合う。

それは言い換えれば、どんな服を着ていても有利不利は生じないということになる。九校戦は一度の中止を挟んで今年で十四回目を迎えるが、十年前の第五回大会の辺りから女子のコスチュームが自由になり始め、第八回大会ではファッションショーと言うより仮装大会の様相を呈した。——なお第八回大会は沖縄《おきなわ》事変及び佐渡《さど》侵攻事件が起こった二〇九二年であり、二つの事件が起こったのは大会最終日だった（大会はその最終日を残して閉幕した）。翌年は自粛ムードで女子のコスチュームもやや控えめなものになったが、二〇九四年にはその反動なのか、ますます自由になっていた。

この傾向は中止になった翌年の、再開の大会となった去年も変わっていない。今年も多彩な衣装が見られることだろう。観客の中には、それを楽しみに足を運んでいる者もいる。

実際に一戦目から、その期待を裏切らないショーが繰り広げられた。

そして三試合目。予選リーグ第三組の第一試合。

いよいよ千香《ちか》の出番だ。彼女は去年、この競技のペアで優勝しており、今年は優勝候補の筆頭に挙げられている。

自陣敵陣合わせて二十四本の氷柱を見下ろす高い台の上に姿を現した千香《ちか》の衣装は着物に袴《はかま》、それに胸当て。左手の和弓と右手の弓懸《ゆがけ》を見るまでもなく、弓道の装束だった。着物は道着ではなく小振りながらも袂《たもと》がある和服だ。ストレートの長い髪――言うまでもなくウィッグ――と合わせて、奥床しくも凛々《りり》しい武家女子の雰囲気を醸《かも》し出《だ》していた。

その弓は、コスプレの小道具ではなかった。

試合開始と同時に、千香《ちか》は敵陣の氷柱に向けて矢をつがえていない弓を引き、空《から》の矢を放つ振りをした。

それとほぼ同時に、弓が鳴る音を轟音《ごうおん》がかき消した。

敵陣最前列の氷柱に生じた破砕音だ。

氷柱は完全に砕け散ったのではない。一本の表面が大きく抉《えぐ》れただけだ。

しかしそれでも総体積の二十パーセントは削れていた。しかもその氷柱は大きく揺れている。

千香《ちか》が再び、素早く弓を引く。

敵が魔法で氷柱の揺れを止めようとした。

だがその魔法が発動した直後、同じ氷柱を再び衝撃が襲う。

固定されていた分、衝撃は氷柱をより深く抉《えぐ》った。

三度《みたび》弓が引かれる。長弓にも拘《かか》わらず、短弓並みの速射だ。

一本目の氷柱が根元を残して砕け散った。

「……あれって、加重系魔法ですか？」

アリサが一緒に観戦している亜季《あき》に訊《たず》ねた。

「ええ、そうよ。弓を引くという動作で狙いを定めて指向性の斥力を発生させているの」

亜季《あき》の解説を聞いたアリサが首を傾《かし》げる。

「物体に斥力を作用させるんじゃなくて、斥力そのものを発生させているんですか？［インビジブル・ブリット］のような？」

「見た目は似ているけど別の魔法よ」

アリサの疑問に、亜季《あき》は首を横に振った。

「通常の加重系魔法と［インビジブル・ブリット］の違いは知っている？」

「通常の加重系魔法は物体を『圧力が掛かっている状態』に改変するもので、［インビジブル・ブリット］は物体の表面に圧力を作用させる魔法ですよね」

「ええ、そうよ。良く勉強しているわね」

「畏《おそ》れ入ります」

千香《ちか》が使っている魔法の正体が気になるのか、アリサの口調は御座《おざ》なりなものだった。

「さすがはアーシャだね！」

一方、アリサと亜季《あき》の会話を横で聞いていた茉莉花《まりか》は我がこと以上に大喜びだ。

「でも千香《ちか》が使っている魔法は物体に干渉しているわけでも物体に作用しているわけでもない。ある意味では十文字《じゅうもんじ》さんの魔法に似ているわね」

亜季《あき》は「分かる？」というような目をアリサに向けた。

「そうですか……。そういう魔法なのですね」

アリサはすぐに理解した。

「えっ、どういうこと？」

理解できなかった茉莉花《まりか》は、逆隣に座っている明《めい》に訊《たず》ねた。

観戦に集中していた明《めい》は顔を動かさずに茉莉花《まりか》へ目を向け、すぐに視線を試合に戻した。

「北畑《きたはた》先輩の魔法は、空間を標的にする領域魔法よ」

ただし彼女は茉莉花《まりか》の質問を無視したわけではなかった。

「氷柱の手前の空間に斥力を発生させているの」

「空間に？　それって照準が難しくない？」

茉莉花《まりか》の「リアクティブ・アーマー」もアリサの「ファランクス」や「ペルタ」と同じ魔法障壁だ。だが茉莉花《まりか》にアリサの真似《まね》はできない。

形だけで良《い》いなら「ファランクス」と同じドーム型のシールドを発生させられるが、「ペルタ」は形を真似《まね》することさえ今の茉莉花《まりか》には不可能だ。

それは目印のない空間の、特定の座標を指定してそこに魔法を発動させるのが難しいからだ。自分の身体《からだ》の周りに障壁を築く場合は己の肉体が基準になる。ドーム型のシールドを張り巡らせる場合も、中心になる自分が基準点だ。だが具体的な目印が無い空間を照準するのは難しい。茉莉花《まりか》はそれを自分の経験から知っていた。

「だから弓を使っているんじゃないかしら」

その点は明《めい》も考えていた。

「矢が当たるイメージで照準を補強しているんだと思う……。いえ、標的に刺さる矢をイメージして、その虚像の矢に照準を合わせているのではないかしら」

間にアリサと茉莉花《まりか》の二人を挟んだ状態では、明《めい》の声は亜季《あき》まで届いていなかった。だから、亜季《あき》からの答え合わせは得られない。

「ふーん……」

しかし茉莉花《まりか》は正解に拘《こだわ》らなかった。彼女は明《めい》の説明で、この場は満足した。

試合は千香《ちか》が無事に勝利を収め、茉莉花《まりか》はアリサに付き合ってもらって千香《ちか》の許《もと》へお祝いに行った。

千香《ちか》は汗を拭う為《ため》にウィッグを外していた。そうしていると凛々《りり》しさが前面に押し出され、少女と言うより若武者に見える。

「部長、おめでとうございます」

「おう。応援ありがとな」

喋《しゃべ》り方もすっかり少年のものだ。

後輩としての義務をひとまず果たして、茉莉花《まりか》は好奇心を思い出す。

アリサが完勝を褒《ほ》め称《たた》え千香《ちか》がそれに応えるのを待って、茉莉花《まりか》は明《めい》の推測が正しかったのかどうか訊《たず》ねた。

「――へぇ、凄《すご》いな。大正解だ」

千香《ちか》は満面の笑みで明《めい》の推測に花丸を与えた。

「部長は遠距離も行けたんですね」

だが続く茉莉花《まりか》のセリフに、その笑みは苦笑いに変わった。

「いや、オレにはあの魔法は使えない」

苦笑しながら、千香《ちか》はそう言った。

どういう意味ですか、と訊《き》ける雰囲気ではなかった。

九校戦の会場内では軽食の移動店舗が営業している。参道の出店やお祭りの屋台程の種類はないが空腹を凌《しの》ぐには十分だし、デザートも不満を覚えない程度には種類が揃《そろ》っている。

明《めい》と小陽《こはる》は各校別に設置された代表用のテントに戻っていたが、アリサと茉莉花《まりか》は会場内に配置されたパラソル付きのベンチに座り仲良くソフトクリームを食べていた。

別々のフレーバーを注文し、お互いに食べさせ合う。アリサが「ひゃあっ」と調子外れな悲鳴を上げたのは、彼女の指に垂れたクリームを茉莉花《まりか》が舐《な》め取ったからだった。

「ねぇアーシャ。さっきの部長の言葉、どういう意味だと思う？」

指を舐《な》めたことをアリサに怒られた茉莉花《まりか》が、話を逸《そ》らす目的を兼ねて千香《ちか》の意味深なセリフを話題にした。

「……多分だけど、北畑《きたはた》先輩はウィッグを付けた『お淑やかモード』にならないとあの魔法を使えないんじゃないかな。一種の自己暗示みたいなもので」

「あっ、それ、正解っぽい」

アリサの推測は茉莉花《まりか》の腹にストンと落ちるものだった。

「何か家庭のご事情がありそうな気がするから詳しくは訊《き》けなかったけど」

「確かめる必要は無いよ。別に、どうしても真相を知りたいってわけじゃないし」

眉を顰《ひそ》めるアリサに茉莉花《まりか》はカラッとした口調で返し、ソフトクリームの攻略を再開した。

◇◇◇

日が傾き、本日の競技が終わり、茉莉花《まりか》はマイクロバスに乗り込んだ。人数はまだ揃《そろ》っていない。アリサは窓から顔を出している茉莉花《まりか》のすぐ下に立って、別れを惜しんでいた。

そこへ最後の一人の点呼を取り終えた紀藤《きとう》が、出発するから離れるよう注意しに来た。

「——先生、よろしくお願いします」

「安全運転で全員無事に送り届けると約束しよう」

アリサは余計なことを言わなかったが、紀藤《きとう》には本音を見抜かれていた。

彼女は墓穴を掘ったりせず、ただ「はい」と応えながらお辞儀をして表情を隠した。


発進したバスが見えなくなってホテルに戻ろうとしたアリサが振り返る直前、彼女は背後から名前を呼ばれた。

そのまま振り返るアリサ。声を掛けてきたのは同じ一高一年生の女子だった。一人ではなく三人だ。

「うん、何?」

同じ代表チームのメンバーになって、話す機会も多い。アリサは気安い口調で用件を訊《たず》ねた。

「茉莉花《まりか》、帰ったの?」

「うん、帰ったよ。……どうして?」

質問の意図が分からなかったアリサが問い返す。

三人は言いにくそうな表情で顔を見合わせた。

「……えっと、茉莉花《まりか》は会長たちに呼ばれたのかと思って」

アイコンタクトを経て回答役を押し付けられた同級生が、愛想笑《あいそわら》いで気まずさを誤魔化しながらアリサの問いに答える。

「会長たちに？　そんなことは言ってなかったよ」

「そ、それなら良《い》いのよ」

そう言って同級生は逃げるように小走りでホテルに戻っていく。

ここに至って、アリサはようやく彼女たちが何を考えていたのか分かったような気がした。三人を代表してアリサと問答したのは維慶《いちか》のクラスメートだ。多分彼女たちは、維慶《いちか》が選手を外されて茉莉花《まりか》が代わりに呼ばれたのでは、と疑ったのだろう。

アリサは別に、彼女たちに対して嫌な気持ちにはならなかった。維慶《いちか》を心配するのは友達として当然のことだとアリサも思うからだ。

アリサも維慶《いちか》の体調は心配だし、それが原因で試合に出られなくなればショックを受けるだろうなと思う。

八つ当たりで茉莉花《まりか》に嫌がらせしようというなら許せないが、そういう訳でもなさそうだ。維慶《いちか》の調子が戻れば、変な風にはならないだろう。

茉莉花《まりか》の為《ため》にも維慶《いちか》の為《ため》にも、代役が必要になるような事態にはならないで欲しい……。

アリサはそう思った。

◇◇◇

大会三日目の競技はスピード・シューティングのペアとクラウド・ボールのペア。

服部初音《はっとりはつね》と保田佳歩《ほったかほ》――アリサと日和《ひより》の部活の先輩が出場する日だ。

実は初音《はつね》たちのペアは、二人とも二年生にも拘《かか》わらず三高と並んで優勝候補に挙がっていた。それどころか女子クラウド・ボールの部活が衰退したのは、一高と三高だけの現象ではなかったのだ。

他の競技と同じく今日の二種目（男女を別に数えれば四種目）も、まず三校ずつの予選リーグを行って各リーグの一位で決勝リーグを戦う形式を取っている。初音《はつね》&佳歩《かほ》のペアは午前中の予選を二勝零敗で無事決勝リーグに勝ち上がった。

「部長、保田《ほった》先輩、勝ち上がりおめでとうございます」

昼食の席でアリサと日和《ひより》が改めて予選通過を祝う。一高の午前中の戦績はスピード・シューティング男子、クラウド・ボール女子が決勝リーグ進出。他の二種目は残念ながら予選を突破できなかった。

だからといって予選敗退の男子ペアへの「思《おも》い遣《や》り」を強制するような空気は無かった。アリサたちの祝福には決勝リーグへ向けた激励が周囲から追加された。

それはスピード・シューティングの方でも同様だった。

クラウド・ボール女子は三高との激闘の末、初音《はつね》&佳歩《かほ》のペアが優勝した。実はこれが、一高が現時点で一位を獲得した唯一の種目だ。

夕食の席では初音《はつね》たちに祝福と賞賛が集中した。予選落ちした男子ペアは、率先してお祝いを盛り上げていた。

だが一高全体で見ると、何となく乗り切れていない雰囲気があった。

◇◇◇

「お待たせ。……亜季《あき》、難しい顔で何を見ているの？」

部屋に戻り入浴を済ませた詩奈《しいな》がバスルームを出ると、亜季《あき》が大判のタブレット端末を難しい顔で見詰めていた。

横から画面をのぞき込む詩奈《しいな》。亜季《あき》はそれを嫌がらなかった。

「……またそれを見ていたの？」

亜季《あき》が見ていたのは今日までの戦績表。詩奈《しいな》が呆《あき》れ声気味だったのは、長風呂《ながぶろ》の彼女が入浴する前にも亜季《あき》はそれを見ていたからだ。

「まだ三日目だよ？」

「それは分かってるんだけど……」

そう言いながら亜季《あき》はタブレットから目を離さない。

「今の時点で順位を気にしても仕方無いって。ある程度は織り込み済みだったでしょう？」

三日目終了時点の一高の順位は三位。一位は三高で二位は七高だ。

「ロアガンで七高が強いのは分かっていたことじゃない」

「予想以上よ。まさか男女のソロ、ペア、全部取られるなんて……。いくら『海の七高』でも想定を超えているわ」

亜季《あき》が言うとおり、ロアー・アンド・ガンナーは一日目のペアも二日目のソロも、七高がアベック優勝を果たしている。

「きっと、ロアガンの勝利に集中してたんじゃない？」

「最初から総合優勝を捨てて？」

問い返す亜季《あき》に、詩奈《しいな》はあっさり「ええ」と頷《うなず》いた。

「総合優勝はチーム力だから。特定の種目で活躍する方が個人のアピールになるって考えるのは間違ってないと思うよ。特にロアガンは水上競技っていう特殊性があるし、そっち方面に進みたいなら本人も周りも張り切るんじゃないかな」

「七高の生徒は海軍入りを狙っているってこと？」

「水上の仕事には沿岸警備隊とか水上警察もあるけど」

詩奈《しいな》は亜季《あき》が口にした「海軍狙い」を否定しなかった。また、自身が口にした職業も魔法の戦闘的な行使を前提としたものだ。見た目の印象はふわふわした綿菓子のような少女だが、詩《し》奈《な》の内面には十師族《じゅっしぞく》の価値観がしっかり根付いていた。

「……ロアガンはまだ良《い》いわ。優勝はできなかったけどある程度のポイントは取れたし。三高との差も付かなかったから」

一高のロアー・アンド・ガンナーのポイントは、最大のライバルである三高と同じだった。両校とも二位が二種目、三位が一種目。順位で言えば女子のペアで一高は四位、男子のペアで三高は五位だったが、ミラージ・バットを除いて四位以下はポイントが付かないから総合順位には影響しない。

「スピードの女子は予選でいきなり三高と当たっちゃったから、籤運《くじうん》が悪かったと諦めるしかないわね。実体弾の使用が義務化された時点で、操弾《そうだん》射撃を授業に取り入れている三高が有利なのは分かっていたし」

三高のカリキュラムには、実際の戦闘を想定した実技が多く取り入れられているという特徴がある。その中には火薬やガスを使わずに実体弾を撃ち出す操弾《そうだん》射撃も含まれている。これは魔法科高校の間では良く知られている話だ。

「誤算だったのは九高よ。クラウドの男子で優勝するだけでなく、スピードでも男女二位になるなんて。今日は九高にやられたみたいなものだわ」

亜季《あき》の憎々しげなセリフは、言いすぎではあっても的外れではなかった。クラウド・ボールの男子ペアでは予選で九高と同じリーグになり敗退。スピード・シューティングの男子ペアは決勝リーグで三高だけでなく九高にも敗れて三位に甘んじる結果となった。

「今年の九高は頑張ってるよね。ピラーズ・ブレイクでも優勝候補の三高男子ペアをあと一歩まで追い詰めていたみたいだし。……何か今年は特に、心に期すものがあるんだろうね」

詩奈《しいな》はベッドに座ってドライヤーで髪を乾かし始めた。彼女のセリフの後半はドライヤーの音に紛れ掛けていたが、亜季《あき》は聞き逃さなかった。

「詩奈《しいな》はその『何か』に心当たりがあるんじゃない？」

「えっ？」

詩奈《しいな》がドライヤーを止め、耳栓を外す。彼女は鋭敏すぎる聴覚の持ち主で普段はヘッドホン型のイヤーマフを使っている。だがドライヤーを使う際にイヤーマフは邪魔になるので、代わりに耳栓を付けていた。

「その『何か』について、家の方から聞いていたりしないの？」

詩奈《しいな》は十師族《じゅっしぞく》・三矢家《みつやけ》の末娘。亜季《あき》の実家も百家《ひゃっけ》だが、苗字《みょうじ》に数字を持たない非主流派であり色々な面で詩奈《しいな》の実家には遠く及ばない。

「うーん、亜季《あき》も知っている話だと思うよ」

詩奈《しいな》はドライヤーをベッドにおいて、魔法で髪を乾かす温風を起こした。ドライヤーを使う方が楽なのだが、魔法の温風は静かだ。耳栓を使わずに済む。

「よくそんな器用な真似《まね》ができるわね……」

亜季《あき》が呆れ声で感心する。詩奈《しいな》が起こした温風は強さや温度を細かく切り替えながら、同時に複数の角度から吹いている。マルチキャストの限界を追求する第三研で開発された三矢家《みつやけ》の技術を、詩奈《しいな》はこんな日常レベルでも使いこなしていた。

「まあね。それで、九高が張り切っている理由だっけ」

詩奈《しいな》は亜季《あき》の脱線を軽く流し、話を元に戻した。

「やっぱり例の『国防予備隊』目当てかしら」

亜季《あき》ももちろん、無駄話には拘《こだわ》らなかった。

「そうだと思うよ。近頃は大人しいけど、大亜連合《だいあれんごう》が攻めてくるとすれば動員されるのは九州の部隊だからね。最近は熊本《くまもと》の師団から盛んに交流を持ち掛けられているらしいよ」

「露骨な青田買いじゃない！」

「無理強いとかは無いらしいから……。そっち方面を志望している生徒にとっては、悪いことではないんじゃないかな」

「そうかしら……」

亜季《あき》は詩奈《しいな》ほど肯定的には受け取れなかった。こういう時に亜季《あき》は、詩奈《しいな》のことを「やっぱり十師族《じゅっしぞく》ね……」と感じて、自分との違いを実感するのだった。

◇　◇　◇

八月七日、大会四日目。今日で本戦はいったん中断され、明日から新人戦に切り替わる。謂《い》わば九校戦前半の最終日だ。

本日の種目はスピード・シューティングのソロとクラウド・ボールのソロ。アリサたちに関係があるところでは風紀委員長の亜季《あき》がスピード・シューティング女子に出場し、生徒会長の詩奈《しいな》がクラウド・ボール女子に、会計の矢車《やぐるま》侍郎《さぶろう》がクラウド・ボール男子に出場する。

茉莉花《まりか》も風紀委員会で一応お世話になっている亜季《あき》の応援に来場した。ちなみに運転手兼引率の教師は一昨日に引き続き紀藤《きとう》だ。それを見てアリサは「紀藤《きとう》先生ってやっぱりミーナに特別な関心があるのでは」と疑念を強めていた。

そんなことを考えたからか、アリサと茉莉花《まりか》の距離はいつも以上に近かった。普段は茉莉花《まりか》の方から擦り寄ってくる――比喩的な意味ではなく距離的な意味で――ことが多いのだが、今日はアリサの方が積極的だ。

無論茉莉花《まりか》に否《いな》やがあるはずもなく、二人は熱々の恋人顔負けに身を寄せ合ってスピード・シューティングの会場へ向かっていた。それで奇異の目を向けられないのは少女同士だからだろう。男同士では中々こうは行かない。

スピード・シューティングのソロは予選を行わず、全員のスコアで順位を決める。選手は午前と午後に一回ずつプレイして、その合計スコアで競う。

もう一つペアと大きく違うのは、午前のプレイには移動魔法、午後のプレイには加速魔法と、使う魔法の種類が指定されている点だろう。選手は弾丸に対して三度まで魔法を使える。ターゲットに干渉することは禁じられている。

アリサは一般客用の観戦席に座って、茉莉花《まりか》の為《ため》にそんな解説を行った。出場選手学校関係者用の観戦席もあるのだが、そこには紀藤《きとう》が来るに違いない。アリサはそう考えたのだ。

「……でもアーシャ、クラウド・ボールの試合を見なくて良いの？　参考になるんじゃない？」

「裏部《うらべ》先輩の番が終わったらそっちを見に行くよ」

亜季《あき》のプレイ順は九人中三人目。一人あたりの競技時間は十分間だから、順番が回ってくるまでそれほど待つ必要は無い。実際にアリサと茉莉花《まりか》が腰を下ろした約三十分後、亜季《あき》が射撃位置に立った。

ランチャーのショルダーストックを右肩に当て銃口を下げたローレディポジションで開始の合図を待つ亜季《あき》。

「この午前のプレイでどこまでスコアを伸ばせるかが鍵だね」

彼女を見詰めながら、アリサが独り言のようにそう言った。

「どうして?」

独り言にしては普通に聞こえる声量だったので、自分に解説してくれているのだと茉莉花《まりか》は理解した。その上で理由を訊《たず》ねる。

「使える弾の数は二回のプレイで合計百発、射出される的の数は一プレイで三百個。ハイスコアを出すには的を外さないのはもちろんだけど、一発で複数の的を撃ち落とす射撃が必要になる。でも加速魔法で複数の的を狙うのは難しいのよ」

「だから移動魔法の午前が鍵なんだね」

茉莉花《まりか》が納得したところで、プレイ開始のブザーが鳴った。

的のスピードはそれほど速くない。有効レンジ内を横切るのに数秒かかる。逆に言えば、その数秒間で射撃のタイミングを決めなければならない。

ターゲットが有効レンジの中央に差し掛かったところで、亜季《あき》は初弾を発射した。

命中。ターゲットが砕け散る。

実体弾を使用する今年のルールでは、ターゲットを壊す必要は無い。当たったかどうかは機械で判定される。だが弾と的の材質を考えると、的を破壊せずに当てる方が難しい。

次の的はまだ射出されない。亜季《あき》は初弾を再利用せずそのまま放棄した。

ターゲットの数は一プレイ三百個。時間は十分間、つまり六百秒。平均するとターゲットは二秒に一個の間隔で出てくる。だが二個目の的が射出されるまでに約十秒の間隔があった。的の射出は乱数プログラムで決定され、不定間隔だ。同時に複数の的が射《う》ち出されることもある。

早速その不規則性が発揮された。二個目の的が射出されて一秒も経《た》たない内に、三個目の的が射《う》ち出された。的の軌道は大きく離れている。

三個目のターゲットが出現した直後、亜季《あき》は二発目を撃った。弾丸は二個目のターゲットを撃ち抜いた後、鋭角に軌道を変えて三個目に命中した。

「上手《うま》い！」

アリサが思わず声に出す。

「今、一度しか魔法使わなかったよね⁉」

茉莉花《まりか》が驚きを露《あら》わにした声でアリサに確認を取った。

「ええ、発射の段階で軌道曲折の工程《プロセス》を組み込んでいたのね！」

アリサも興奮を隠せずにいる。

「あっ！」

しかし亜季《あき》の連鎖攻撃《チェーン》はそれで終わりではなかった。

三個目のターゲットを撃ち抜き、下から上に曲折して二個目を破壊した二発目の弾丸は、その後に射出されたターゲットを急落下して撃ち抜いた。

「一石三鳥！　凄《すご》い！」

四字熟語としては間違っているが意味的には適切な感嘆をアリサが漏らす。

「今の、最初から計算してたのかな……」

茉莉花《まりか》は「訳が分からない」と言いたげな口調で呟《つぶや》いた。

亜季《あき》はその後も順調にスコアを稼ぎ、消費弾数五十九発、百八十点ちょうどで午前のプレイを終了した。

◇◇◇

亜季《あき》の試合が終わってすぐ、アリサたち二人はクラウド・ボールの会場に移動した。選手控え室には行かなかった。

弾丸を半数以上消費したとはいえ、消費弾数の三倍の得点というのはかなりの好成績だ。優勝の可能性は高い。――とはいえ、まだ午後の競技が残っているし、午前の結果も出揃《でそろ》っていない。声を掛けるのは午後のプレイが終わってからにすることにしたのだ。

完全に偶然だが、ちょうど詩奈《しいな》の試合が始まるタイミング。アリサと茉莉花《まりか》は関係者用応援席に駆け込んだ。

「アリサ！　茉莉花《まりか》！」

明《めい》に呼ばれて、二人は彼女の隣に座った。明《めい》と茉莉花《まりか》でアリサを挟む位置関係に、特別な意図は無い。

「裏部《うらべ》先輩、どうだった？」

明《めい》がアリサに訊《たず》ねる。

「好スコアだったよ。五十九発で百八十点」

「後半に四十一発か。残弾がちょっと多すぎる気もするけど、本当に良《い》いスコアじゃない」

アリサの答えを聞いて、明《めい》の顔がほころんだ。

「矢車《やぐるま》先輩は？」

今度はアリサが訊《たず》ねる。男子ソロの試合は亜季《あき》のプレイと時間が重なっていた。

「勝ったよ。一セット目を取られてハラハラしたけど、そこから三セット連取」

男子の試合は五セットマッチ、三セット先取制。一セット目を取った相手校は、さぞ盛り上がっただろう。

「矢車《やぐるま》先輩、やるじゃん」

そう言ったのはアリサの前から顔を出した茉莉花《まりか》だ。実を言えば矢車侍郎《やぐるまさぶろう》は予選突破を危ぶまれている。彼が九校戦に選手として出場するのは今回が初めて。元々実技が余り得意でなく、入学時はまだ制度が残っていた二科生、二年生から魔工科で、去年は技術スタッフとしての参加だった。

茉莉花《まりか》の発言に対するコメントは無かった。

同意、あるいはたしなめる応えが返る前に、詩奈《しいな》の試合が始まった。


第一セットが終了した。スコアは詩奈《しいな》が圧倒してセットを取った。

「やっぱり会長のマルチキャストは凄《すご》い」

アリサが素直な感嘆を漏らす。詩奈《しいな》は九個のボールに対して九つの魔法で対応していた。

「会長って、その気になれば相手をゼロ封できたんじゃない？」

本気になれば相手に得点を許さなかったのではないか、と茉莉花《まりか》が疑問を口にする。

「多分、可能だったでしょうね。スタミナ配分を考えて無理をしなかったんじゃないかしら」

明《めい》が茉莉花《まりか》の推測に同意の答えを返した。

「この試合だけじゃなくて、後の試合も考えてってことだよね」

「ええ。会長は決勝リーグのことも考えているんだと思うわ」

「優勝する気満々ってことか。さすがは十師族《じゅっしぞく》」

無邪気にそう言って、茉莉花《まりか》はハッとした顔で口を押さえる。

決まり悪げにアリサの顔色を窺《うかが》う茉莉花《まりか》に、アリサは「気にしないで」という笑顔で首を横に振った。

「……会長の魔法ってさ、普通のマルチキャストにしては凄《すご》すぎる気がするんだけど」

ホッとした表情で新たな疑問を口にする茉莉花《まりか》。

彼女の疑問は当を得たものだ。詩奈《しいな》はずっと、同時に九個の魔法を発動、あるいはすぐに発動できる状態で待機させていた。

「あれは多分、「スピードローダー」よ」

その質問に、今度はアリサが答える。

「スピードローダー？」

茉莉花《まりか》はその言葉に聞き覚えがあった。だから余計に、首を傾《かし》げた。

「それって、魔法の名前？」

今の文脈から、リボルバー拳銃の銃弾装塡器具が出てくるはずはないと思ったのだ。——なお小銃や散弾銃に使われるスピードローダーもあるということは、茉莉花《まりか》は知らない。

「魔法の名前と言うより魔法運用テクニックの名前かな。三矢家《みつやけ》が得意とする技術で、最大九個の魔法を発動可能な状態で待機させて、使った魔法を次々と補充していくというテクニックなの。待機させる魔法は全部違う種類でも同じ種類でも可能らしいよ」

話題はまたしても十師族《じゅっしぞく》がらみに戻ったが、アリサが平気な顔をしていたので茉莉花《まりか》も今回は気にしなかった。

「へぇ～」

余計な心配が挟まらず、茉莉花《まりか》は素直に目を丸くする。

「ボールが九個で、何時《いつ》でも使える魔法も九個？　それって無敵じゃない」

「どの程度スピードローダーを使い続けられるか次第だけど……。スタミナが続いている間の会長は、ミーナが言うとおり無敵でしょうね」

アリサが相手選手にとっては無慈悲な結論を出したところで、第二セットが始まった。

結局詩奈《しいな》はこの試合を二セット連取、次の試合も二－〇で予選リーグを勝ち上がり、侍郎《さぶろう》も連勝して仲良く決勝リーグに進んだ。

◇◇◇

今日のアリサの昼食は茉莉花《まりか》が作ってきたお弁当を二人で仲良く食べる予定だ。二人は軽く話し合って、場所を一高のテントに決めた。

ランチタイム、アリサたちが一緒にクラウド・ボールを観戦していた明《めい》と三人でテントへ行くと、そこはちょっとした騒ぎになっていた。

アリサは義兄の勇人《ゆうと》を見付けて、小走りで彼のところに駆け寄った。

「何があったんですか？」

そしてこのざわついた雰囲気の理由を訊《たず》ねる。

「トラブルというわけじゃないんだ。女子スピードでショッキングなことが二つあってね」

「ショッキングなこと？　それは一体……」

「座って。そっちの二人も」

勇人《ゆうと》はアリサだけでなく、明《めい》と茉莉花《まりか》にも椅子を勧めて自分はテーブルの端に浅く腰掛ける。

行儀の悪い真似《まね》だが、彼がやると何故《なぜ》か見苦しい印象にはならなかった。

「二つと言っても因果関係のあることなんだが」

そう言って勇人《ゆうと》は眉を顰《ひそ》めた。これは彼にとっても無視できない話であるようだ。

そこへ早馬《そうま》がやって来る。

「切っ掛けはスピード女子で九高が予想外のハイスコアを出したことだね」

話を聞いていたようで、彼は勇人《ゆうと》のセリフを横取りした。

「戦術も随分思い切ったものでね。前半だけで八十発近くを使って、二百五十点を叩《たた》き出《だ》したんだよ」

「二百五十点⁉」

アリサと茉莉花《まりか》が声を揃《そろ》えて叫ぶ。亜季《あき》の百八十点も相当高い得点のはずだが、それに大差を付けている。

「正確には使用弾数七十七発で二百四十七点だ」

細かな数字に修正されても、状況は大して変わらなかった。

「残弾数にも差があるとはいえ、逆転はかなり厳しいな」

「不可能ではないと思います」

思わずアリサは反論したが、難しいということは分かっていた。

「──そうだな。しかし目前でそれを見せられた三高の選手は、焦《あせ》らずにいられなかったのだろう」

勇人《ゆうと》はアリサの感情的な反論を軽くいなし、冷静に話を進めた。

「……三高選手に何かあったんですか？」

動揺したのはアリサの方だ。

ただならぬものを感じたのか、茉莉花《まりか》も食い入るような視線を勇人《ゆうと》に向けていた。

「三高の選手は、途中でリタイアしちゃったんだよ」

再び早馬《そうま》が口を挿《はさ》む。

「えっ？」「リタイア⁉」「そんな……！」

アリサ、茉莉花《まりか》、明《めい》が驚きも露《あら》わな声を出した。

「五十発撃ち終えてマガジンを交換している最中に、突然蹲《うずくま》ってしまったんだ」

「それで……リタイアですか？」

アリサの質問に早馬《そうま》は真面目な顔で頷《うなず》いた。

「本人は続けたがっていたみたいだけど……三高のスタッフが即座にリタイアを宣言したんだ

よ」

「俺はその場を見ていないが、冷静な判断だったと思う」

勇人《ゆうと》の言葉に、早馬《そうま》は「そうだね」と同意した。

「誘酔《いざよい》先輩はその場面を御覧になっていたんですか？」

明《めい》の質問に「見てたよ」と頷《うなず》いた後、

「あれは正しい判断だった」

早馬《そうま》は、こう断言した。

◇◇◇

当たり前かもしれないが、三高のテントは一高以上にざわついていた。一高のテントには無い悲愴《ひそう》感も漂っていた。

「武田《たけだ》先輩、大丈夫かな……」

茜《あかね》が不安を隠せない声音で呟《つぶや》く。彼女が口にした「武田《たけだ》先輩」は、スピード・シューティングで途中棄権した三年生の女子だ。

「不調は一時的なものだとうかがっています。大丈夫ですよ」

茜《あかね》を浩美《ひろみ》が慰める。浩美《ひろみ》の口調は、自分自身にも言い聞かせている感があった。

「一週間もすれば快復するというのが医者の見解だそうだ。不調が明らかになった時点ですぐに止めたのが良かったらしい」

「畑山《はたけやま》先輩の英断の御蔭《おかげ》ってことだな」

竜樹《たつき》が上級生から聞いてきた話に、左門《さもん》が棄権を決断した技術スタッフを称賛した。――なお以前の三高は専任の技術スタッフを置かず選手同士でCADの調整や作戦立案を行っていたが、二〇九五年、二〇九六年と続いた一高の司波《しば》達也《たつや》の活躍を見てその方針を変えていた。

「……でも、今日いきなり具合が悪くなったってことはないよね」

茜《あかね》が暗い声でぽつりと呟《つぶや》く。

「以前から自覚症状があったと？」

竜樹《たつき》に問われて、茜《あかね》は躊躇《ためら》いがちに頷《うなず》いた。

「みんな、期待に応えようと頑張りすぎなんじゃないのかな」

茜《あかね》の独り言めいたセリフに、竜樹《たつき》は違和感を覚えた。

「茜さんは家の為《ため》に努力することに肯定的だと思っていたが」

「それはそうなんだけどね」

竜樹《たつき》に問われて認める茜《あかね》。だがそこには迷いが見え隠れしていた。

「……でも『努力』と『無理』は別物だと思うんだよ。『無理』と『無理のしすぎ』もね」

「その線引きは……難しいだろうな」

竜樹《たつき》は茜《あかね》の意見を認めつつ、眉を顰《ひそ》めて実践の難しさを指摘する。

「……自分のことは自分が一番分かっていると言いますが、案外違うのではないかと思います。自分では無理をしていないつもりでも、実は無理をしすぎているということもあるのではないでしょうか」

浩美《ひろみ》の意見に左門《さもん》が「そうだな」と頷《うなず》く。

「俺たちは若さに任せて突っ走っちまうところがあるからな。手綱を握ってくれる指導者は、やっぱ必要だと思うぜ」

そして左門《さもん》は、指導者の必要性を主張した。

「自主性には限界があるってことね……。あたしたちはもっと大人に頼るべきなのかな？」

茜《あかね》の自問するような問い掛け。

「だが大人は大人で忙しい。先生方でさえ十分に頼れないのが現状だ」

しかし竜樹《たつき》の回答は懐疑的なものだった。彼の反応には大人に対する不信感が見え隠れしていた。

◇◇◇

その大人たちは生徒よりもずっと良《い》い物——値段が高いという意味で——を食べながら不満

を漏らしていた。

「――また脱落者が出たようだな。所詮はゲームだというのに」

「これでは到底、実戦には堪《た》えられない」

「まったく情けない。せっかく矢間渡《やまと》先生に御来臨を賜っているというのに……」

元老員《げんろういん》・矢間渡《やまと》道具《みちとも》に阿《おもね》っているのは防衛省の背広組だ。彼らは首都防衛計画を担当する防衛省の高官で、矢間渡《やまと》を元老員《げんろういん》と知っていた。

「彼らはまだ高校生。足りない部分は、鍛えれば良いのです」

矢間渡《やまと》の口調は柔らかい。だがその内容は明らかに、三人の性急さをたしなめるものだった。

「然様《さよう》でございますね。先生の仰《おつしや》るとおりです」

早速、一人が追従《ついしょう》する。

「本当に先生はご慧眼《けいがん》でいらっしゃる。鍛えなければものにならないのは魔法師も同じですからな」

もう一人がすかさず続く。

「ところで、先生の目に留まった幸運な若者はおりましたか？」

これ以上の追従《ついしょう》は鼻に付くと考えたのか、三人目は然《さ》りげ無《な》く話題を変えた。

「そうですね……。スカウトできないのは残念ですが、やはり十師族《じゅっしぞく》は一味違いますね」

「三矢家《みつやけ》の末娘でございますね」

矢間渡《やまと》が真っ先に挙げたのは詩奈《しいな》だった。

「それに、地方の生徒の活躍が目立ちます」

「九高の生徒は地元志向が強うございますが、先生のお声掛かりとあらば中央に引き抜くのも不可能ではないと存じます」

「いや、国境の守りも重要です。熊本《くまもと》の者共の画策も、国益に背くものではありません」

熊本《くまもと》基地の師団幹部が今年度の早い段階から九高に働き掛けを行っていたのは、彼らの間では公然の秘密だった。

「とにかく彼らはまだ高校生。結論を急ぐ必要もないでしょう」

「仰《おつしや》るとおりかと。引き続き人材発掘に努めます」

「そうですね。私は東京《とうきよう》に戻りますが、午後の試合もしっかりチェックしてください」

矢間渡《やまと》の言葉に、三人は「お任せください」と声を揃《そろ》えた。

◇◇◇

その日の一高の最終成績はクラウド・ボールがアベック優勝。スピード・シューティングは男女仲良く二位に終わった。スピード・シューティング女子の亜季《あき》はかなりのところまで追い上げたが、結局九高に届かなかった。

男子の方も誤算だった。最大のライバルと目していた三高のスコアは上回ったものの、最終演技者の二高男子に逆転されてしまった。

ただクラウド・ボールのアベック優勝と、三高が得点源と見做《みな》していたスピード・シューティングで男女とも一高が順位で上回ったことにより、一位三高との総合ポイントの差は百二十点から三十点に縮まり、順位も三位から二位に上がった。

【4】新人戦――ギリギリの攻防

八月八日、土曜日。九校戦五日目。

本戦はいったん中断され今日から四日間、一年生のみを対象とする新人戦が行われる。競技の順番は本戦に準じており、本日の種目はアイス・ピラーズ・ブレイクの予選とロアー・アンド・ガンナー。なお新人戦はペアのみでソロは無い。

今日はアリサも明《めい》も日和《ひより》も浄偉《じょうい》も役《まもる》も出番が無い。だが茉莉花《まりか》は応援に来ていた。同じ一年生だから、ということのようだ。

「もう泊まっちゃえば良いのに」

半ば呆《あき》れ声で茉莉花《まりか》にそう言ったのはアリサではなく明《めい》だった。新人戦を全て応援するのであれば、毎日東京《とうきょう》と富士《ふじ》山麓を往復することになる。学校からはマイクロバスに乗っているだけだとしても普通ならホテルに宿泊する方が楽なはずだ。

「部屋なら取れるわよ」

明《めい》は適当に言っているのではない。毎日のように体調不良で地元へ戻る選手が続出している。彼らはある意味で病人みたいなものだ。一人で帰らせるわけには行かない。必ず応援に来ていた同じ学校の生徒が付き添う。その結果、九校戦用に確保してあった部屋に空きが出ているのだった。

「うーん……」

しかし茉莉花《まりか》の態度は煮え切らないものだった。

「やっぱ、止めとく。特別扱いは良くないよ。第一、気が引けちゃう」

「茉莉花《まりか》ってそんなにデリケートだっけ……？」

「酷《ひど》い！　それって失礼だよっ！」

茉莉花《まりか》が「アーシャぁ」と泣《な》き真似《まね》をしながらアリサの胸に顔を埋める。

茉莉花《まりか》の大袈裟《おおげさ》な「傷付いています」アピールだけでなく、その前の明《めい》の「デリケート」発言も、もちろん冗談だ。

「気が引ける」という笑えない本音を有耶無耶《うやむや》にする為《ため》の。

維慶《いちか》の体調はまだ戻らない。茉莉花《まりか》の代役が本気で検討されそうな状況になってきている。その所為《せい》でますます、茉莉花《まりか》に対して維慶《いちか》の友人から向けられる視線が刺々《とげとげ》しいものになっていた。

表立って詰《なじ》られたり、隠れて嫌がらせをされたりということはない。彼女たちもそこまで愚かで身勝手で独善的ではなかった。ただ今回の九校戦に向けて、維慶《いちか》が明らかに限界以上に頑張っていたのを見ているので、代役に出番を取られるのが感情的に納得できないのだ。

その気持ちは茉莉花《まりか》にも理解できる。だから維慶《いちか》の友人たちから余所余所《よそよそ》しくされても「余り良《い》い気持ちはしない」程度で収まっていた。

正直に言って、茉莉花《まりか》は「家の為《ため》」に頑張ろうという気持ちが良く分からない。だが頑張った成果を発揮する機会が与えられない辛《つら》さは分かる。

頑張っても叶《かな》わないより、叶《かな》うかどうか試せないことの方が何倍も口惜《くや》しい。茉莉花《まりか》はそう思っている。だから綺麗事《きれいごと》ではなく、維慶《いちか》には調子を戻して試合に出て欲しいと本気で願っていた。

「ミーナ、朝ご飯は?」

アリサがやや強引に話題を変えた。

「一応食べたけど……」

茉莉花《まりか》は少し恥ずかしそうに言葉を濁す。

「お腹《なか》がすいてるのね」

情け容赦の無い指摘をした日和《ひより》を、茉莉花《まりか》が「キッ」と睨《にら》んだ。

「試合が始まるまでまだ少し時間がありますし、軽く何か食べてからスタンドに向かいましょうか」

小陽《こはる》が朗らかに笑いながらした提案に、異議を唱える者はいなかった。

◇◇◇

いくつかの屋台が集まってオープンエアのフードコートになっているエリアにアリサたちは足を向けた。

テーブルは半分以上埋まっていた。他校の生徒だけでなく、学校職員や一般観客と思われる大人の利用客もいる。その中に一高の選手ジャケットを見付けて、彼女たちは明《めい》を先頭にそのテーブルへ向かった。

「おはようございます、副会長、誘酔《いざよい》先輩。紀藤《きとう》先生もいらっしゃったんですね。おはようございます」

そこに座っていたのは勇人《ゆうと》、早馬《そうま》、紀藤《きとう》の三人だった。明《めい》は教師向けに「おはようございます」を別立てにして二回口にする。アリサたちは明《めい》に続く形でただ「おはようございます」と挨拶をした。

「そっちのテーブルとくっつけようか？」

「ご一緒しても良いですか？」と明《めい》が訊《たず》ねる前に早馬《そうま》が立ち上がって提案する。

「そうだな」

答えを待たずに勇人《ゆうと》も立ち上がった。アリサたちはまだ、相席の意思表示もしていない。早計と言うより強引かもしれないが、遠慮は無用となった。

「お手伝いします」

勇人《ゆうと》や早馬《そうま》に隔心《かくしん》があるはずの茉莉花《まりか》が真っ先にそう申し出たのは、体育会系気質のなせる業《わざ》だろう。

勇人《ゆうと》と早馬《そうま》でテーブルを動かし、茉莉花《まりか》に日和《ひより》が加わってパラソルを移動させた。アリサや明《めい》も見ていただけでなく、小陽《こはる》を含めた三人で椅子を動かし、八人席が完成した。——なお紀《き》藤《とう》も手伝おうとしたのだが、勇人《ゆうと》と茉莉花《まりか》が強く遠慮した。

アリサたちが軽食を買い求めて戻ってきた時には、勇人《ゆうと》の姿が無かった。追加の飲み物を買いに行ったようだ。

「何を話されていたんですか？」

腰を下ろしながら、小陽《こはる》が世間話の口調で訊《たず》ねる。大企業の経営者という家庭環境で培《つちか》われたのか、馴《な》れ馴《な》れしいのではなく社交的な態度だ。

「今年の九校戦は不愉快な連中の姿を見ないで済んでいるという話をしていたんだよ」

早馬《そうま》の気軽な口調は、高校生の、後輩に対するものだ。不自然なくらいに自然で、余程鍛えられた感性が無ければ作られた口調だと分からないだろう。少なくともアリサも茉莉花《まりか》も、他の三人も違和感を懐《いだ》かなかった。

「不愉快な人たち、ですか？」

小首を傾《かし》げるアリサ。

「もしかして人間主義者のような人たちのことですか？」

それに続いて明《めい》がそう訊《たず》ねた。

「まあね。そんなところ」

早馬《そうま》は軽く頷《うなず》いたのだが、それで納得させられない者もいた。

「いつもなら、他にはどんな種類の人たちがいるんです？」

茉莉花《まりか》だ。

「去年は身許《みもと》も国籍も怪しい連中が結構いたな」

こう答えたのは、戻ってきた勇人《ゆうと》だった。

「おい、勇人《ゆうと》……」

早馬《そうま》が声に非難を込める。

「今年は軍の高官や治安当局のお偉方が多く来場している所為《せい》か、警備も去年よりしっかりしているようだ」

勇人《ゆうと》は構わず、座りながらそう続けた。

「少なくとも警備は、毎年このくらいしっかりして欲しいという話をしていたんだ」

「確かにそうですね」

アリサが相槌《あいづち》を打つ。

それは何気ないものだったが、彼女が新ソ連工作員のターゲットになっていることを知っている早馬《そうま》と紀藤《きとう》は、思わず交わしそうになった目配せを寸前で自制した。

◇◇◇

「じゃあ、また明日」

「うん、また明日ね」

手を振る茉莉花《まりか》に同じ言葉を返し、アリサは親友を乗せたマイクロバスが走り去って行くのを見送った。

バスが見えなくなったところでアリサは肩を落としため息を吐く。「帰らなくても良いのに」という呟《つぶや》きがため息に続いた。今日は態々東京《わざわざとうきょう》から来た甲斐《かい》が無かった所為《せい》で余計にそう思ってしまう。

たとえ負け試合でも、応援が無駄だったとは言えない。だが全くポイントが取れなかったとなると、朝早く起きて学校から約二時間、自宅からだと二時間半以上を掛けて応援に来てもらうのが申し訳ないような気になるのだ。それが自分の試合でなくても。

新人戦一日目、アイス・ピラーズ・ブレイクは男女とも決勝リーグに進出したが、ロアー・アンド・ガンナーで一高は男女とも三位以内に入れなかった。

九校戦の運営規則では、ポイントが取れるのは一つの競技を除いて三位まで。唯一、ミラージ・バットだけが四位までポイントが与えられる仕組みになっている。

ロアー・アンド・ガンナーは予選リーグを行わない。全てのペアが順番に走って、掛かった時間と射撃の得点で競う。射撃の得点を秒数に変換して、それを走行時間から差し引く。そうして調整されたタイムが一番短いペアが優勝という仕組みだ。

走行機会は一回のみ。だから走行順によって戦術が大きく変わる。一般的に、後のペアが有利だ。

先に走るペアは、良《い》いタイムを出して後のペアにプレッシャーを掛けようとする。

しかし走行順が後のチームは、前に走ったチームの成績を見てそれを上回るように走る。つまり前のタイムが目安となる。

やはり具体的な目標があった方が、力を振り絞りやすいものだ。実力に差がなくても後から走った方が、力を限界まで引き出して勝利するパターンが多い。

その意味で今日の一高は、籤運《くじうん》が悪かった。ロアー・アンド・ガンナーの走行順は、男子が三番目、女子は二番目。いっそのこと走行順は一番目の方がやりやすかったかもしれない。

原因は何であれ、今日は惨敗《ざんぱい》だった。茉莉花《まりか》は気にしていなかったように見えたが、アリサはまるで自分がへまをして負けたような気分になっていた。

その意気消沈した心理状態は、アリサだけのものではなかった。夕食の席でも一年生のテーブルには、重苦しい雰囲気が居座っていた。

「みんな、まだ一日目よ。そんなに悲観的になる必要は無いと思うわ」

いい加減まずいと感じた一年女子リーダー格の明《めい》が、強めの口調で活を入れた。

「そうだぜ。明日、巻き返せば良いんだ」

すかさず男子リーダー格の浄偉《じょうい》が同調して見せる。

主に男子の間でやっと、前向きな空気が生まれた。

ポジティブな雰囲気は、女子の間にも徐々に広がっていく。

アリサはようやく食事が喉を通る気がした。

そんな状態だったから、彼女は気付かなかった。

アリサだけではない。明《めい》も、日和《ひより》も、小陽《こはる》も気付いていなかった。

女子の数名が、腹痛を堪《こら》えているかのように背中を丸くしていたことに。

アリサは明日試合を控えている。にも拘《かか》わらず、あまりプレッシャーを感じていなかった。

その所為《せい》で、明後日以降に試合を控えた彼女たちが「自分が勝たなければ」という重圧に押し潰されそうになっていたと気付けなかった。

◇◇◇

一高のライバルの三高は今日のロアー・アンド・ガンナーで、男子では二位に入ったものの女子はポイントを取れなかった。

だが得点無しと得点ありとでは心理的にも大きな差がある。三高に割り当てられたレストランの雰囲気は、一高のそれほど暗くなかった。

三高の一年生は自校の成績ではなく、他校の生徒の話をしていた。話題になっているのは今日アベック優勝した七高でもライバルの一高でもない。男子で三位、女子で二位になった九高だった。

「――で、九高の女子だけど、入院はせずに済んだみたいだぜ」

「そっかぁ……良かった」

耳が早い左門《さもん》の言葉に、茜《あかね》が安堵《あんど》の声を漏らした。

「そうだな。最悪の事態も考えられたが、再起不能などという悲劇にならなくて良かった」

竜樹《たつき》が茜《あかね》に同調する。

「でも本当に大丈夫でしょうか？　何日か経《た》って後遺症が出なければ良いのですけど」

浩美《ひろみ》がなお心配そうに言うと、茜《あかね》と竜樹《たつき》が揃《そろ》って眉を顰《ひそ》めた。

「そこは俺たちが心配しても仕方が無いんじゃないか」

しかし左門《さもん》の割り切った意見に、竜樹《たつき》や茜《あかね》、彼らの会話を聞いていた他の一年も一応の納得を見せた。まさに、幾ら考えても「仕方が無い」ことだったからだ。

三高生が九高選手をそこまで心配しているのは、その選手が倒れたシーンを間近で見たからだった。

ロアー・アンド・ガンナー新人戦女子ペアの、三高の滑走順は八番目だった。七高が六番目で、九高はその次。

直前で七高がベストタイムを更新したのを目《ま》の当《あ》たりにして、九高の選手はきっと張り切りすぎたのだろう。結局七高には及ばなかったものの九高ペアはそれに迫るタイムを叩《たた》き出《だ》した。だがゴールして艇を降りた直後、操艇を担当していた選手が倒れたのだ。まるで操り糸が切れたマリオネットのように。

ロアー・アンド・ガンナーのコースは環《わ》になっておりスタート場所とゴールは同じ。次の走行をスタンバイしていた三高選手は、いきなり九高選手が倒れた光景に動揺した。客席からは詳しく見えなかったが、九高選手は白目を剥《む》き痙攣《けいれん》して、見るからにやばい状態だったという。

その影響か三高選手は思い切った走行ができず、何《い》時《つ》ものタイムを出せなかった。しかしその結果に八つ当たりするより、目《ま》の当《あ》たりにした九高選手の状態が気掛かりだったのだ。先程までの雰囲気は、彼女たちの気持ちが同級生に伝染したものだったのである。

「皆、聞いてくれ」

　ここで三高選手団長の三年男子が声を上げた。

　一年生だけでなく上級生も食事の手を止め、団長の彼に注目する。

「知ってのとおり、今回の大会では連日故障者が続出している。残念ながら当校でも、棄権せざるを得なかった選手がいる」

　ここで彼は小さく息を継ぎ、語調を和らげた。

「勘違いしないでもらいたいが、起こってしまったことを責めるつもりは一切無い」

　彼がそう言い切ったことで、棄権した当人よりも彼女を棄権させた技術スタッフの女子生徒が安堵《あんど》した素振りを見せた。

「――問題はここからだ。今日の女子ロアガンで発生した故障は、魔法技能ばかりか命に関わりかねないものだったらしい」

　予想を超えたショッキングな情報に、室内が隅々までざわめきに満たされた。

　団長はそれを無理に静めようとはせず、皆が自然に落ち着くのを待った。

「九校戦が我々にとって重要なイベントであるのは間違いない。だがそれは将来の為《ため》に重要という意味であり、未来を犠牲にしてまで勝ちを目指す筋合いのものではない」

　彼は同級生から後輩の順に、一人一人の顔を見渡した。彼の視線に頷《うなず》く者もあれば、目を合わせるのを避けて俯《うつむ》く者もいた。

ただ反感を隠した者、反論がありそうな者は、見付からなかった。

「無理をするなとは言わん。だが絶対に無理をしすぎるな。——以上だ」

団長の締《し》め括《くく》りの言葉は、奇《く》しくも昨日、茜《あかね》が漏らした疑問と重なっていた。

◇　◇　◇

新人戦二日目。アリサは朝食の席に、九校戦用の制服ではなくジャージ姿で現れた。日和《ひより》もお揃《そろ》いの格好だった。無論ジャージの下は、クラウド・ボールのユニフォーム。

今日の種目はアイス・ピラーズ・ブレイクの決勝リーグ。それに、クラウド・ボールの予選および決勝リーグが行われる。アリサにとっては今日が本当の意味での本番だ。

彼女たちが食事を終えてレストランを出た直後、アリサは「アーシャ！」と名前を呼ばれた。アリサのことをこう呼ぶのは、今では一人しかいない。

「ミーナ」

声の方に目を向ける。予想を違えるはずもなく、手を振りながら駆け寄ってくる茉莉花《まりか》の姿が見えた。

茉莉花《まりか》はタックルでも仕掛けるようなスピードでアリサに迫り、ぶつかる寸前——否、車同士なら接触事故と判定される位置で急停止した。

「おはよう！　調子はどう？」

茉莉花《まりか》はアリサの返事も待たず、自分の両手でアリサの両手を取って訊《たず》ねた。

「頑張ってね。一所懸命応援するから！」

答えを待たず、激励する。

「あっ、でも無理しちゃ駄目だからね」

一転して、気遣う顔になり両手をギュッと握った。

瞬《まばた》きもせず茉莉花《まりか》は無言でアリサを見詰める。

「……ありがとう、気を付けるよ」

ようやく応えを返す機会を得たアリサの声音は、呆《あき》れ声ではなかった。

「まだ試合まで時間あるし、一緒にテントに行こうよ」

そして苦笑ではない微笑《ほほえ》みを浮かべて、こう付け加えた。

「えっ、でも、部外者が入って良いの？」

茉莉花《まりか》の顔に躊躇《ためら》いが浮かぶ。アリサを見詰めていた眼差《まなざ》しが揺らいだ。

「部外者って……。同じ一高生じゃない」

アリサが呆《あき》れたように、ではなく咎《とが》めるような口調で言う。

「でも代表じゃないし……」

「良《い》いって。行こっ！」

なおも尻込みする茉莉花《まりか》の手を、アリサは強引に引っ張って歩き出した。

茉莉花《まりか》は決して無神経ではない。空気も普通の女子高校生並みに読める。彼女は自分が維慶《いちか》の友人に疎《うと》まれていることを正確に感じ取っていた。

理由は、維慶《いちか》の出番を茉莉花《まりか》が奪うかもしれないから。

元々補欠はそういうものだし、それは茉莉花《まりか》を疎《うと》んでいる女子たちにも理解できている。だから排斥的な目を向けるだけで、彼女たちは茉莉花《まりか》に嫌がらせのような真似《まね》はしていない。だが具体的に何かをされることは無いと分かっていても、やはり居心地は悪いのだ。茉莉花《まりか》が躊躇《ためら》ったのはそういうわけだった。

しかし一高代表団テントに恐る恐る足を踏み入れてすぐに、茉莉花《まりか》は「おやっ？」と思った。自分に向けられる視線に込められている感情が変化しているのを感じて。

何よりも維慶《いちか》の態度が変わった。いや、「変わった」と言うより「変」だった。

テントに入ってきた茉莉花《まりか》を見て、維慶《いちか》はホッとしたような表情を浮かべたのだ。

そしてそれに気付いたのは、茉莉花《まりか》だけではなかった。親友に向けられた視線の変化に、アリサは「何故《なぜ》？」と何度も自問した。

一つの仮説がアリサの脳裏を過《よぎ》る。だが彼女はそれを慌てて打ち消し、二度と考えないよう自分に強く命じた。

◇　◇　◇

アリサと日和《ひより》のペアは午前の予選リーグを二連勝で突破した。

「圧勝だったね」

ランチタイム。同じテーブルを囲む茉莉花《まりか》が弾む声で、アリサと日和《ひより》の予選突破を称《たた》えた。

「予選を通過しただけ。勝負はこれからだよ」

日和《ひより》が謙遜ではなく、闘志を張らせたセリフで応える。

「明《めい》と小陽《こはる》がCADを上手《うま》く調整してくれた御蔭《おかげ》だよ。ありがとう、二人とも」

一方、日和《ひより》に続くアリサのセリフは半分謙遜混じりだったが、残る半分は本音であり感謝は百パーセント本気だった。

競技で使用するCADは普段使っている物より、ハード面のスペックは明確に劣っている。だがアリサの実感として、今日は旧第十研で練習している時より「ペルタ」をスムーズに発動できていた。

「いつもより魔法が使いやすいだけじゃなくて、疲労も少ない気がするの」

しかも、発動に伴う負担まで軽減されていた。

「嬉《うれ》しいことを言ってくれるわね、アリサ」

明《めい》は上機嫌だ。彼女はスリムな体型で、罵詈《ばり》雑言《ぞうごん》でも「豚」と呼ばれるタイプではないが、このまま木に登りそうな表情だ。

「最小の負荷で、最大の効果。明《めい》さんの目標に近付いたんじゃないですか？」

小陽《こはる》が微笑《ほほえ》ましげな口調で横から口を挿《はさ》む。

明《めい》が魔工師としての司波《しば》達也《たつや》を目標としていることを、友人たちは皆知っている。そして明《めい》が達也《たつや》の技術の中で最も高く評価している項目は、CADを使う魔法師の負担軽減だ。明《めい》の言葉を借りれば「最小の負荷で最大の効果」。小陽《こはる》はアリサの褒め言葉と合わせて、明《めい》を軽くからかったのだった。

「……まだまだよ」

声は素っ気ないが、明《めい》の顔は緩んでいる。

それを見て「デレいただきましたー」と小陽《こはる》が心の中で叫んだかどうかは、——本人以外には分からないことだった。

「ご馳走様《ちそうさま》、お待たせ」

食べ終えたのは、アリサが最後だった。

「いよいよ決勝リーグだね。調子はどう？」

アリサとタイミングを合わせて立ち上がった茉莉花《まりか》が激励の笑顔で問い掛けた。

「試合は何時《なんじ》から？」

「決勝開始は一時半だけど、私たちは二試合目と三試合目だからまだ少し先だよ」

現時刻は午後一時五分。女子クラウドボールの試合時間は一マッチに二十分ずつ時間が割り当てられているが、クラウド・ボール決勝リーグは男子の試合と女子の試合が同じコートで交互に行われることになっている。

というのも三ペアによるリーグ戦では、一試合目と三試合目の順番になったペアが疲労回復の点で有利になってしまうからだ。その不平等を軽減する為《ため》、男女それぞれの試合を間に挟むのである。

順番は女子が先だ。男子の一マッチに割り当てられている時間は五十分なので、女子の二試合目は午後二時四十分から。女子三試合目は午後三時五十分からになる。

「日和《ひより》とアリサの試合まで、テントのモニターで観戦しましょう」

アリサの試合までどう時間を潰すか悩んでいる茉莉花《まりか》に、明《めい》がそう提案した。

◇◇◇

一高のテントには、余り人がいなかった。決勝リーグの開始時間は同じ午後一時半だが、試合順がトップとなっているアイス・ピラーズ・ブレイク男子の応援に行っているのだろう。アイス・ピラーズ・ブレイクはクラウド・ボールと違って試合時間が一定でない為《ため》、応援に行った生徒は会場に行ったままテントに戻ってこないのだ。

主立った面子《めんつ》でテントに残っているのは詩奈《しいな》と侍郎《さぶろう》だけだった。亜季《あき》も千香《ちか》も勇人《ゆうと》もアイス・ピラーズ・ブレイクの応援に行っているのだろう。アリサはそう思ったのだが、

「アリサさん、十文字《じゅうもんじ》君から伝言。時間になったら戻ってくるって」

詩奈《しいな》が勇人《ゆうと》の言葉を伝えることによりアリサの誤解を解いた。

なおアリサのことが名前呼びになっているのは、詩奈《しいな》が同じ「十文字《じゅうもんじ》」の勇人《ゆうと》と区別する必要を覚えたからだ。なお侍郎《さぶろう》は勇人《ゆうと》を名前呼びし、アリサを姓で呼んでいる。

これは詩奈《しいな》と侍郎《さぶろう》だけでなく九校戦代表団の他の上級生も、女子はアリサを名前で、男子は勇人《ゆうと》を名前で呼ぶようになっていた。

テント内に設置された大型モニターはアイス・ピラーズ・ブレイクの会場を映し出している。アリサたちはサブの中型モニターの前の椅子に座った。同級生の試合が気にならないわけではなかったが、これから試合をする相手への関心が勝ったのだ。

女子第一試合は三高ペア対四高ペア。三高は予想どおりの決勝リーグ進出。四高はノーマークだった。

三高の試合は午前中の予選リーグで丸々一試合観戦している。アリサと日和《ひより》は試合が始まるまでの時間を利用して、四高の試合を録画で見ることにした。

「うーん……」

「何と言うか……だね」

一セット見終わったところで、アリサたちが漏らした感想はこれだった。

「何だか相手の二高ペアが自滅したみたいに見えたんだけど？」

一緒に録画を見ていた茉莉花《まりか》が、少し自信無さそうに感想を述べる。

「私にもそう見えたわ」

明《めい》の言葉には茉莉花《まりか》のものより、自信が感じられた。

「プレッシャーだろうね」

日和《ひより》は二高の敗因をそう指摘した。

「二高は平凡なミスが多すぎたよ。確か二高は、一試合目を落としてるよね？」

日和《ひより》の質問に、小陽《こはる》が予選の勝敗表を見ながら「そうです」と頷《うなず》いた。

「その所為《せい》で絶対に勝たなきゃと力んじゃったんじゃないかな。だからあんなに、平凡なミスが多かった」

「二高は何故《なぜ》一試合目を落としちゃったんだろう？　結局四高が二勝で勝ち上がったんだから、もう一つの、えっと六高ペアは四高より弱かったんだよね？」

「そっちもビデオを見てみようか？」

茉莉花《まりか》の疑問に、日和《ひより》がそんな提案をした。

「興味あるけど、時間切れ。もうすぐ試合が始まるよ」

しかしアリサは時計を指差しながらそう言って、モニターをリアルタイムの映像に切り替えた。

三高女子のペアには、あの緋色《ひいろ》浩美《ひろみ》がいる。去年、クラウド・ボールの、全国規模のオープン大会で準優勝した彼女は大会前、本戦に出場すると他校からは予想されていた。

しかしエントリーしたのは新人戦。

浩美《ひろみ》を擁する三高ペアは、新人戦の最有力優勝候補と見られている。

「四高がどこまで食い下がれるかな……」

試合開始直前、日和《ひより》が独り言を呟《つぶや》く。彼女の中では三高ペアの勝利が既に確定していた。

「四高ペアの実力が、この試合ではっきりするね」

アリサも三高ペアが勝つと予想していたが、彼女の関心は別のところにあった。

女子決勝リーグの次の試合は一高対四高。アリサは対戦相手の戦力分析のつもりでモニターを見詰めていた。

彼女たちが注目する中、試合が始まった。

第一セットの三分間が終わる。下馬評どおり三高がリードしているが、意外なことに点差は余りつかなかった。

「緋色《ひいろ》さん、随分抑え気味だったね」

日和《ひより》が意外というより肩透かしにあったような口調で第一セットを振り返った。

「四高の戦い方は徹底したディフェンス重視なのね」

アリサは四高の戦術を、そう分析した。

「三高の戦い方は、四高の戦術を踏まえたものでしょうね」

明《めい》はアリサと同じ推論の上に、日和《ひより》の疑問に対する答えを推理する。

「四高が積極的に攻めてこないから、体力の温存を図ったということですか？」

小陽《こはる》が明《めい》に詳しい説明を求めた。

「体力温存の意図もあっただろうけど、それよりミスを抑える目的の方が大きな比率を占めていたと思うわ」

「積極的なプレーと、ミスの発生は裏表ということですね」

明《めい》の回答は、小陽《こはる》にとって分かりやすいものだったようだ。

「なる程。それなら納得」

日和《ひより》もそう言ってすっきりした表情になった。

第二セットも、試合の展開は変わらなかった。

両校のペアは共に守備的なプレーを続け、要所要所でまとまったポイントを奪った三高が、二セット連取のストレートで勝利した。

◇　◇　◇

「これはチャンスかもしれないわね……」

試合が終わり両校のペアが退場する映像を見ながら、明《めい》がポツリと呟《つぶや》いた。

「何がですか？」

「呟《つぶや》いた」といっても普通に聞こえる声量だったので、小陽《こはる》が少し不思議そうに訊《たず》ねた。

不思議そうな顔をしているのは小陽《こはる》だけではない。三高ペアが危なげなく勝利した試合の、何処《どこ》にチャンスを見出《みいだ》したのか明《めい》本人以外、誰にも分からなかったのだ。

「日和《ひより》、アリサ。四高との試合は、できるだけ点差を付けて勝ちなさい」

明《めい》は小陽《こはる》の声が聞こえていなかったかのように、日和《ひより》とアリサに話し掛けた。

「あたしは最初からそのつもりだけど……いきなりどうしたの？」

「九校戦では、得失点差に関する特別ルールがあるわ」

明《めい》は日和《ひより》の質問に、今度は答えを返した。

しかし回答としては不十分だ。

「知ってるけど？」

日和《ひより》の中ではかえって疑問が膨れ上がっていた。

「今の試合はロースコアだった所為《せい》で、得失点差は余り付いていなかった」

「四高との試合で、今の試合以上に得失点差を付ければ優勝に有利になるって考えてるの？」

アリサが明《めい》に確認の質問をした。

明《めい》は「ええ」と頷《うなず》く。

アリサは大きく首を傾《かし》げた。

「でもそのルールが適用されるのは、最終セットが終わっても勝負が付かなかった場合だけだよ？　そんなのほとんど起こらないんだけど」

得失点差が順位に絡《から》むのは、九校戦の独自ルールだ。セットカウント一対一、男子の場合は二対二で最終セットにもつれ込み、タイムアップ時点で同点だった時に、公式ルールでは延長戦に突入するところを引き分けとして、順位に得失点差を反映させるという規定。

だがクラウド・ボールは得点の動きが激しい競技だ。同点でセットが終わることは、ほとんど無い。まず考えられないとすら言えるだろう。

「……明《めい》のアイデアは分かった。アリサ、あたしたちがすることは一緒だよ」

だから議論しても仕方が無い、という日和《ひより》の意見には、アリサも異論は無かった。

◇◇◇

次の男子の試合は一高男子ペアの初戦だったので、明《めい》と小陽《こはる》はテントから応援席に移動した。

アリサと日和《ひより》は次の試合の為《ため》に待機、茉莉花《まりか》はアリサの側《そば》にいることを選んだ。

「アリサ、そろそろアップしようか」

第四セットが終了しセットカウントがタイになったところで、日和《ひより》がアリサを促した。

アリサが頷《うなず》き立ち上がる。

「何か手伝おうか？」

茉莉花《まりか》の顔には「手伝おうか？」ではなく「手伝いたい」と書かれていた。

アリサには断れなかったし、断る理由も無かった。


アリサは茉莉花《まりか》に、日和《ひより》は上級生に手伝ってもらって、五分ほど掛けて身体《からだ》をほぐし温めた。

テントの中に戻ると、明《めい》と小陽《こはる》がＣＡＤの最終チェックをしていた。

「控え室で待っててくれたら良かったのに……」

態々《わざわざ》往復するのは面倒だっただろうに、という気持ちでアリサが二人に話し掛ける。

「大して離れていませんし。技術スタッフとして連れてきてもらっているんですから、応援よ

「もこっちが優先ですよ」

小陽は笑顔で頭を振った。

「こっちの方が気になって応援どころじゃなかったわよ。それに胃が痛くなる試合だったし」

小陽《こはる》の作業を横からのぞき込んでいた明《めい》は、顔だけで振り返って応える。

「苦戦してるの？」

アリサのセリフと同時に、テントの中がため息で満たされた。

アリサが友人たちと一緒に、メインモニターへ目を向ける。

そこに映し出されているのは、敗戦に項垂《うなだ》れる一高ペアの姿。

「結局負けちゃったか……」

明《めい》もため息を吐く。

「これで男子は優勝が難しくなりましたね……」

「気が早いよ、小陽《こはる》。次を勝てば一勝一敗で、まだ可能性はあるんだから」

諦めを口にした小陽《こはる》を日和《ひより》がたしなめた。

だが三チームが一勝一敗で並ぶ可能性はかなり低い。

アリサは自分たちに向けられる上級生の視線に、プレッシャーを感じた。

◇◇◇

いよいよアリサ・日和《ひより》ペアの試合開始時間になった。

「アーシャ、頑張って。でも無理はしないでね」

コートに向かうアリサに、茉莉花《まりか》が少し心配そうな笑顔で声を掛けた。

励ますだけでないのは、他校で体調不良による棄権や帰宅が続出しているからだ。

「大丈夫。無理はしない」

アリサは「安心して」という感じの微笑《ほほえ》みで応える。

「心配要らないよ、茉莉花《まりか》。アリサは熱血タイプじゃないから」

コートに向かい掛けていた日和《ひより》が、振り返って茉莉花《まりか》を元気付けた。

試合後の設備点検終了の連絡を受けて控え室からコートに向かう途中、小陽《こはる》がアリサと日和《ひより》に「明《めい》さんから伝言です」と小声で話し掛けた。

アリサと日和《ひより》が「うん、何？」と声を揃《そろ》えて問い返す。

「多少の失点は構わないからこの試合では、［ペルタ］は使わないようにとのことです」

「えっ、何故《なぜ》」「分かった」

理由を訊《たず》ねるアリサのセリフを、日和《ひより》の声が遮った。

「アリサ、言われたとおりの作戦で行くよ」

「う、うん……」

勢いに圧《お》される格好で、アリサは意図を理解できないまま［ペルタ］用の特化型ＣＡＤを汎用型に取り替えた。

女子決勝リーグ第二試合。

アリサ・日和《ひより》ペアは少し多めに失点したが、それ以上に大量得点を奪ってストレートの勝利を収めた。

明《めい》に指示されたとおり、アリサは［ペルタ］を使わなかった。

◇◇◇

アリサたち女子第二試合の後は男子の第二試合。組み合わせは一高対二高。一高は連戦、二高は初戦となる。

前の試合で四高に敗北している一高ペアにとっては、もう負けられない試合だったが、結果は敗戦。一高男子は三位が確定した。

「――ってことで一高は次の試合、絶対に負けられないと考えているだろうね」

そう言ったのは三高の一条茜《いちじょうあかね》、場所は次に試合を控えたクラウド・ボールの選手の為《ため》の控え室だ。そして話している相手は同じ三高の女子ペアだった。

「負けられないのは私たちも同じです。いえ、状況としては私たちの方が追い込まれていると言えるでしょう」

緋色浩美《ひいろひろみ》がそう応えを返した。新人戦の三高男子ペアは予選を突破できなかった。つまり一高男子が三位で獲得するポイントが、三高男子には取れないことが確定している。

また並行して行われているアイス・ピラーズ・ブレイクの男女決勝リーグでも、女子は一高に敗れ、男子は八高に負けている。まだ結果は確定していないが、三高は不利な状況だ。せめて女子クラウド・ボールだけでも一位のポイントを確保したいところであるのは間違いない。

「大丈夫よ。浩美《ひろみ》がいるんだから」

これは浩美《ひろみ》のパートナーの発言だ。浩美《ひろみ》の実績を考えれば、根拠の無い自信ではない。

「そうだね。ところで……」

茜《あかね》も試合前に選手のやる気を殺《そ》ぐようなことは口にしなかった。

「一高の十文字《じゅうもんじ》さん、前の試合であの魔法を使わなかったみたいだね」

「そうですね。手の内を隠したつもりなのでしょうか」

「いや、それは意味が無いということくらい、彼女にも分かっているはずだよ」

茜《あかね》たちはアリサが使う［ペルタ］のことを、同級生の十文字竜樹《じゅうもんじたつき》から聞いていた。

もちろん秘密にしなければならない部分については、竜樹《たつき》も喋《しゃべ》っていない。だが魔法の性質や適したシチュエーション、ファランクスとの用途の違い程度はレクチャーを受けていた。

「……スタミナに関する欠点を克服できていない、とか？」

「希望的な推測のような気もしますが……。あり得ないことではないですね」

茜《あかね》の推理を、浩美《ひろみ》は控えめに認めた。浩美《ひろみ》も実は、茜《あかね》と同じことを考えていたのである。

「だったら息切れを誘う作戦が良《い》いんじゃないかしら？」

「そうですね……。一セット目は十文字《じゅうもんじ》さんにボールを集めてみましょうか」

パートナーの提案に頷《うなず》き、浩美《ひろみ》は具体的な方針を提示した。

◇◇◇

同じ頃、一高ペアに割り当てられた控え室でも作戦の打合せが行われていた。

「──三高がアリサさんを狙ってくる可能性が高いのは分かりました。的確な分析だと思うわ」

三高ペアがアリサのスタミナ切れを狙ってくるという予測を立てた明《めい》に、同席している詩奈《しいな》が頷《うなず》く。──明《めい》が作戦スタッフの役割を勝手に果たしている件は、既に半分公認になっていた。

「じゃあ私は、どうするべきかな？」

アリサは明《めい》に、具体的な対応についての助言を求めた。

「一セット目の最初から［ペルタ］全開で行きましょう」

明《めい》の答えに、迷いは無かった。

「向こうの作戦にはまった振りをするの？」

「三高がどういう作戦で来るかに拘《かか》わらず、一セット目は全開で行くべきよ」

明《めい》の答えを聞いたアリサの顔に戸惑いが浮かぶ。

「二セット目を捨てて、三セット目に勝負を懸けるんだね」

この日和《ひより》の指摘に明《めい》は「そうよ」と頷《うなず》く。

アリサと詩奈《しいな》、それにもう一人同席している小陽《こはる》も、明《めい》の作戦に異論は無かった。

「あたしは？」

日和《ひより》が自分の役割について明《めい》に訊《たず》ねた。

「ガンガン攻めて。守備はアリサに任せるくらいのつもりで」

「分かった」

明《めい》の指示は日和《ひより》にとって、望むところのものだった。日和《ひより》は不敵な笑みを浮かべた。

◇◇◇

新人戦クラウド・ボール女子決勝リーグ第三試合が始まった。

一高対三高。ここまで両校一勝ずつ。この試合で勝った方がこの種目優勝となる。どちらも負けられない試合だ。

またシングルスとダブルスの違いはあるが、三高ペアには緋色浩美《ひいろひろみ》がいる。アリサにとっては五月の対抗試合の雪辱戦、日和《ひより》にとっては浩美《ひろみ》との待望の対戦だった。

試合は初《しょ》っ端《ぱな》から激しいものになった。

第一セット開始早々、アリサがマルチスポットシールド並列生成魔法、［防御型ファランクス］亜種［ペルタ］を発動した。

一方、浩美《ひろみ》は一色《いっしき》家の魔法［電光石火］でアリサの魔法シールド突破を図る。自己加速魔法が発動時点で予《あらかじ》め動作を決めておくものであるのに対して、［電光石火］は自分の体内の生物電気を操作し、知覚速度と反応速度を上げる魔法だ。

［ペルタ］は一見鉄壁のディフェンスに見えるが、待機させておいたシールドを空間座標指定の上で顕在化するというプロセスが必要になる。顕在化は術式に組み込まれているので半自動的に実行されるが、座標指定は術者であるアリサが意識しなければならない。無意識的なもの

ればならない。

であろうと反射的なものであろうと、実際にはシールドを発生させる場所を認識し決定しなければならない。
この魔法は本来、動き回る味方を支援する為《ため》のものだ。味方にシールドを提供するという点では同じ旧第十研の十山家《とおやまけ》の魔法に似ているが、十山家《とおやまけ》の魔法が発動時点で特定した個人に紐《ひも》付けされているのに対して［ペルタ］は座標を指定する。［ペルタ］は個人だけでなく集団や車輌《しゃりょう》も防御対象とできるし、防御対象を瞬時に切り替える柔軟性もある。

だがその「柔軟性」故に、術者の認識力に大きく依存する。術者の認識が間に合わなければ、防御陣に穴が空く。

竜樹《たつき》は十文字家《じゅうもんじけ》の魔法の秘密を、そこまで踏み込んで漏らさなかった。だが［ペルタ］の概要をレクチャーされるだけで、三高のスタッフはこの魔法の攻略ポイントを見抜いた。

アリサの認識スピードを上回る波状攻撃を浴びせる。

浩美《ひろみ》と彼女のパートナーがやろうとしているのはこれだった。

だがアリサの方も、一高も無策ではなかった。

アリサは自分の魔法の短所を把握していた。

もしこれがアリサ対三高ペアの戦いだったら、三高の作戦は成功していただろう。しかしアリサにも日和《ひより》というパートナーがいる。日和《ひより》はアリサの認識力が限界に達した状況をどのようにカバーするか十分な練習を積んできた。彼女たち一高ペアは、このコンビネーションに最も時間を費やした。

アリサのシールドが間に合わなかったボールは日和《ひより》がカバーする。失点を完全には防げなくても、出血は最小限に抑える。そのコンビネーションは練習どおりに機能した。

その結果第一セットは、終わってみれば一高の圧勝だった。


「ナイスファイト！」

ベンチに戻ってきた浩美《ひろみ》たちを、技術スタッフの代わりにサポートに入っている茜《あかね》が笑顔で迎えた。

格闘技じゃないんだから、というツッコミが何処《どこ》からか聞こえてきたが、言った茜《あかね》も言われた浩美《ひろみ》もそんな細かいことは気にしなかった。

「セットを取られてしまいました」

そう言いながら、浩美《ひろみ》に気を落とした様子は無い。

「ドンマイ。作戦どおりじゃん」

「そうですね」

笑顔の茜《あかね》に、浩美《ひろみ》も笑顔で応える。

二人とも、強がっているのではない。第一セットを取られるのは、織り込み済みだった。

「最初からあの魔法を、あれだけ使わせたんだ。もうスタミナが持たないんじゃない？」

「少なくとも第二セットは使えないと思います。次のセットを取って、必ずフルセットに持ち込みますよ」

浩美《ひろみ》の言葉にパートナーも大きく頷《うなず》いた。


「まずは計算どおりですね」

ベンチに戻ってきたアリサと日和《ひより》を、小陽《こはる》がこのセリフで出迎えた。

「アリサさん、お疲れ様です。日和《ひより》さんもナイスカバーでした」

「第二セットはどうするの？」

タオルを受け取りながら日和《ひより》が小陽《こはる》に訊《たず》ねる。

「予定どおりです。スタミナを温存する抑えめなプレーでお願いします」

「分かった」

日和《ひより》が「異論無し」という顔で頷《うなず》く。

小陽《こはる》はアリサに顔を向けた。

「アリサさん、ＣＡＤを取り替えましょう」

「こっちも予定どおりだね」

そう言いながらアリサは右手首のリストバンドをずらして、その下に巻いていたＣＡＤを外した。

小陽《こはる》はそれを受け取り、代わりに似たようなブレスレットタイプのＣＡＤを渡す。

その光景は、三高のベンチから見られていた。

その視線を感じたのか、アリサはラケットを持っている左手のリストバンドで軽く額を拭いながら三高の方へ振り向いた。

三高の生徒は茜《あかね》や浩美《ひろみ》を含めて、反射的にサッと目を逸《そ》らした。


第二セットは、前のセットと打って変わって静かな立ち上がりとなった。三十秒、一分と時計が進んでも試合の展開が緩やかで、点の動きが鈍い。

日和《ひより》が緩い球を多用している影響も小さくないだろう。浩美《ひろみ》はさすがにつられたりしなかったが、彼女のパートナーは日和《ひより》のリズムに巻き込まれて同じように勢いの無いボールを返すことが多かった。

一つには第一セットでアリサに［ペルタ］を多用させる目的で、三高の二人もハイピッチで動き回り、魔法を多用していた。その反動が避けられなかったのだ。

第二セットに入ってからアリサは［ペルタ］を使っていない。

三高の作戦は的中しているかに見えた。

だがその代償に第一セットを取られている。疲れが残っているからといって、第二セットを落とすわけには行かない。

浩美《ひろみ》はパートナーの動きが鈍くなっている分、このセットでも［電光石火］を多用しなければならなかった。

三分間が経過する。第二セットは三高が取ったが、両校の得点は前セットより低く、得失点差も小さかった。

「浩美《ひろみ》、そんなペースで［電光石火］を使って大丈夫？」

茜《あかね》が心配そうな表情で訊《たず》ねる。彼女の顔からは、笑みが消えていた。

「大丈夫です。自分の限界は弁《わきま》えています」

「本当に？」

茜《あかね》が浩美《ひろみ》の目を正面からのぞき込む。

浩美《ひろみ》は目を逸《そ》らさなかった。だからといって睨《にら》み返すのでもなく、茜《あかね》の眼差《まなざ》しを静かに受け止める。

「……くれぐれも無理しちゃダメだよ」

先に引いたのは茜《あかね》だった。

「分かっています。皆さんに迷惑は掛けたくありませんから」

「じ……いや」

茜《あかね》は「自分のことなんだよ！」と言い掛けて、

「そうそう。浩美《ひろみ》が倒れたりしたら、先輩たちが責められるんだからね」

——論法を変えた。この方が責任感の強い浩美《ひろみ》には効果的だと考えたからだ。

「それはまずいですね……」

茜《あかね》の注文どおり、浩美《ひろみ》はさっきより真剣な表情で悩み始めた。

「——浩美《ひろみ》、気付いてる？」

もう一押しと考えていた茜《あかね》は、別の説得材料を見付けた。

「何にですか？」

「一高の十文字《じゅうもんじ》さん、CADを交換していない」

浩美《ひろみ》がアリサに目を向ける。アリサは顔の汗を拭《ぬぐ》ったタオルで、左手首の辺りを丹念に拭《ふ》いていた。

「……そうなんですか？」

「うん」

浩美《ひろみ》もアリサが第一セットの後に、右手首のCADを別の物に付け替えたのを見ていた。

そして第二セットでは十文字家《じゅうもんじけ》のあの魔法が使用されなかった。

「彼女、あれを使えるようになるまで回復してないんじゃないかな」

第一セットではめていたブレスレットタイプのCADが［ペルタ］用で、インターバルで取り替えた物は通常の［リバウンド］や［ベクトル反転］の起動式を格納したCAD。

第二セットのアリサのプレーを見て、茜《あかね》も浩美《ひろみ》もそう考えていた。

彼女たちの視線の先で、アリサがタオルを小陽《こはる》に返し右手首のリストバンドを軽く引っ張った。しかしその下のCADには結局、触らなかったように見えた。

「……彼女も故障を警戒しているのでしょうか？」

ここで言っている「故障」は機械の故障ではない。身体《からだ》の「故障」であり、心の「故障」だ。

「きっとそう。あの魔法が無いんだったら、普通のプレーで勝てるよ。だから力まずに行こう」

「分かりました。堅実に、勝ちに行きます」

インターバル終了を予告する合図が鳴った。

浩美《ひろみ》はベンチから立ち上がり、パートナーと共にコートへ向かった。

第三セットが始まった。

試合展開は第二セットに引き続きスローペース。得点も取ったり取られたりが続く。

一分間が経過した辺りで、浩美《ひろみ》は「そろそろスパートを掛けるべきか」と考えた。

彼女のパートナーはかなり消耗している。

だがそれ以上に一高の、アリサのパートナーに疲れが見え始めていた。

こういう中々点が入らない展開は、クラウド・ボールでは珍しい。この手の試合はちょっとした切っ掛けで緊張の糸が切れた方が負ける。それを浩美《ひろみ》は経験的に理解していた。

自分一人のことなら浩美《ひろみ》は最後まで集中を切らさない自信がある。緊張の糸が切れる心配などしない。しかしこれはダブルスだ。

相手の片方に疲れが見えている今がチャンスでは？　と浩美《ひろみ》は考えたのだった。

「残り九十秒！」

一高のベンチから声が飛んだ。

浩美《ひろみ》は気にしなかった。

クラウド・ボールではは試合中にベンチから指示をしても、反則にもマナー違反にもならない。

だがその声を待っていたかのように、次の瞬間に起こった変化は浩美《ひろみ》の意表を突いた。

その所為《せい》で十秒近くの貴重な時間、隙を曝《さら》し失点を重ねてしまう。

焦《あせ》らずにはいられない大量リードを、一高に許してしまっていた。

「残り九十秒！」の合図で、アリサは［ペルタ］を発動した。

使用したのは左手首の特化型ＣＡＤ。第一セットからリストバンドの下にはめたままの物だ。

明《めい》から作戦を聞いた時は、アリサは余り乗り気ではなかった。

小細工をしすぎるように感じたのだ。

明《めい》が立てた作戦はそれほど複雑なものではない。左手首に［ペルタ］用の特化型ＣＡＤを着け、右手首に汎用型ＣＡＤを着ける。第一セットでは汎用型ＣＡＤのスイッチはオフにしておき、インターバルで右手首のＣＡＤを取り替えた後、リストバンドで汗を拭く振りをして左手首のＣＡＤをオフにする。

そして第二セット終了後のインターバルで、タオルに隠して左手首のＣＡＤをオンに、右手首のＣＡＤをオフにする。それによって、アリサが［ペルタ］を第三セットでも使わないと三高に誤認させるというものだ。

アリサは第三セットの前半、ずっと単体の対物反射障壁魔法で戦っていた。特化型ＣＡＤは同一系統の起動式を九種類格納できる。［ペルタ］はその構成要素を見れば、対物反射障壁魔法の一種だ。特化型ＣＡＤでも発動は可能。むしろ発動速度は上がる。

日和《ひより》が余分に消耗していたのは、アリサが［ペルタ］を発動するまでの時間稼ぎをしていたからだった。

アリサは多少無理をすれば、第一セットに続いて第三セットも三分間ずっと［ペルタ］を維持できるようになっている。しかし観客が見ていて勝敗が掛かっている本番は、練習の時より消耗が激しいかもしれない。それを考えて、セットの半分を経過したところから［ペルタ］を使うことにしていたのだった。

我を取り戻した浩美《ひろみ》はすぐさま［電光石火］を発動し、全力で点を取りに行った。失点を防ぐよりも得点を優先する、クラウド・ボールの性質を考えれば非正統的、むしろ邪道と表現する方が相応《ふさわ》しい戦い方だ。

浩美《ひろみ》の攻撃が、アリサの防御を何度も突破する。

だが三高の方も失点が積み上がっていく。

三高の得点のペースは、失点のペースを上回っていた。だが、その差はわずかだ。

目まぐるしく両校の得点が増え、残り時間が着実に減っていく。

浩美《ひろみ》がどんなに焦《あせ》っても、追い上げのペースは上がらない。むしろ焦《あせ》りは失点を加速させ、せっかく詰めた差を台無しにしてしまう。

浩美《ひろみ》にできるのは余計なことを考えずに点を取ることだけだ。

いよいよ残り時間がわずかになった。

点差は一桁になっている。

最早《もはや》時計を見ている余裕は無くなったが、体感では残り十秒を切っているはずだ。

「あと五点」という茜《あかね》の声が、浩美《ひろみ》の耳に届いた。

追いつける、と浩美《ひろみ》は思った。

得点を重ね、失点を防ぐ。

「同点！」「同点⁉」

歓声と悲鳴が同時に上がった。

歓声は三高サイドから、悲鳴は一高サイドから。
コートはまだ光っている。試合はまだ終わっていない。
「やぁっ！」
浩美《ひろみ》は気合いと共に、魔法とラケットでボールを二球同時に打ち込んだ。
これならあの魔法でも追い付けない。
これで逆転だ。
そう確信した浩美《ひろみ》のショットは、空中で跳ね返された。
一高のコートに一球落ちて、
三高のコートに一球落ちる。
その直後、コート表面の光が消えた。
浩美《ひろみ》はスコアボードへと勢い良く振り向いた。
百八十一対百八十一。
ほぼ一秒に一点というそのスコアが示している結果は、
同点、引き分け。
浩美《ひろみ》は崩れ落ちそうになる身体《からだ》を、膝に突いた両腕で、辛《かろ》うじて支えた。
第三セット終了と同時に、アリサはコートにへたり込んだ。

ずっと発動状態だった［ペルタ］を解除したことで、鈍い頭痛から解放される。

あと十秒試合が続いていたら、アリサは魔法を維持できなくなっていただろう。十文字家《じゅうもんじけ》で叩《たた》き込まれた「教育」が彼女の表面的な意思に拘《かか》わらず、魔法を止めていたはずだ。

（こんなことってあるのね……）

アリサはスコアボードを見て、そう思った。

第三セットは同点で終了。延長戦を行わない九校戦のルールによって、この試合は引き分け。

（まさか明《めい》が考えたとおりになるなんて……）

九校戦の大会ルールにより、勝敗が同数の場合は得失点差で順位が決まる。

一高が取った第一セットの方が、三高が取った第二セットより得失点差が大きかった。

一高と三高が共に勝利した対四高戦でも、一高の方が得失点差を稼いだ。

その結果――。

「アリサ、やったよ！」

へたり込んだままのアリサに、日和《ひより》が飛び付く勢いで抱き付く。

「一位！　種目優勝！」

一高と三高は共に一勝一引き分け。

得失点差により新人戦女子クラウド・ボールは、一高の優勝という結果になった。

「やったよ……」

日和《ひより》がアリサの肩に顔を埋める。

「……日和《ひより》。お疲れ様」

アリサは日和《ひより》の背中をポンポンと叩《たた》いた。

「やられたね……」

コートから出てきた浩美《ひろみ》に、茜《あかね》はそう言いながらタオルを手渡した。浩美《ひろみ》より茜《あかね》の方が口惜《くや》しそうな態度だ。

「ええ、見事に騙《だま》されました」

「まさか、あんな作戦を採ってくるなんて。性格が悪すぎない？」

「確かに性格が悪いと思いますけど、最大の敗因は私たちが十文字《じゅうもんじ》さんを過小評価していたことだと思います」

浩美《ひろみ》はサバサバした表情で、自分に言い聞かせるような口調でそう言った。

「……言われてみればそうかも。騙《だま》されたのは、彼女があの魔法を長時間使えないって決め付けちゃってた所為《せい》だね」

「ええ、無念です」

浩美《ひろみ》が少々古めかしい言い回しで口惜《くや》しさを吐露する。

「……ところで浩美《ひろみ》。体調は？　何処《どこ》も異状無い？」

突然の話題転換。浩美《ひろみ》は茜《あかね》の問い掛けに戸惑いながら「ええ、大丈夫です」と答えた。

「良かった。さっきの［電光石火］、大分《だいぶ》無理をしていたように見えたから心配だったんだよ」

「……すみません」

無理をした自覚が浩美《ひろみ》にもある。彼女は心配させたことを、素直に謝った。

「無事だったんだから良《い》いよ」

茜《あかね》は表情を笑顔に変えた。

「それに負けちゃったものは仕方が無い。実力で劣っていたとは思わないけど、相手が一枚上手だったんだ」

「そう……ですね」

「大丈夫。この借りはあたしがミラージ・バットで返してあげるから」

茜《あかね》は顔と声と態度に闘志を漲《みなぎ》らせた。

【5】新人戦――補欠の役目

　この日の一高はクラウド・ボール女子で優勝。アイス・ピラーズ・ブレイクが男女共二位。クラウド・ボール男子は三位という結果に終わった。まだ新人戦は二日目だが、この時点で暫定的に首位だ。

　茉莉花《まりか》にも一応愛校心はある。それに今日は何と言っても、アリサが優勝した。茉莉花《まりか》は上機嫌で東京《とうきょう》へ帰るマイクロバスに向かっていた。

　アリサは今日もバスが発進するまで見送ると言ってくれたのだが、茉莉花《まりか》を含めた大勢に説得されて日和《ひより》と共に部屋で休んでいる。二人が試合でかなり消耗しているのは明白だった。夕食までの短い仮眠だが、今は心身を休めるのが一番だ。

　もうすぐバスの発車予定時刻。アリサを説得していたりしたので、茉莉花《まりか》はおそらく最後だろう。走らなければならない程ギリギリではないが、彼女は結構な速歩《はやあし》になっていた。

「茉莉花《まりか》さん」

　そんな茉莉花《まりか》を、駐車場の入り口のところで呼び止める声。背後から掛けられた声は茉莉花《まりか》に馴染《なじ》みのあるもので、無視はできなかった。

「裏部《うらべ》先輩」

　彼女を呼び止めたのは風紀委員会の先輩である亜季《あき》だった。

「何か御用ですか？」

彼女は前述の理由で急いでいる。焦《あせ》りを隠せぬ声で、茉莉花《まりか》は用件を訊《たず》ねた。

「先生には待ってもらうようにお願いしてあるから大丈夫よ」

今日も引率兼運転手を務めているのは紀藤《きとう》だった。彼の世話になっているのは連日だ。だから余計に、迷惑を掛けるのが申し訳ないと茉莉花《まりか》は思った。

「分かりました。御用をうかがいます」

故に彼女は、手早く話を済ませようとした。

「本当はこんな場所でする話ではないのだけど」

亜季《あき》が頭を掻《か》く。彼女は理知的な容姿でありながらこういうがさつな仕草も似合う。実はこのギャップに惹《ひ》かれている下級生も多い。——主に女子生徒だが。

「茉莉花《まりか》さん。維慶《いちか》さんからの申し出よ。ミラージ・バットの選手を代わって欲しいのですって」

「えっ……？」

茉莉花《まりか》がフリーズした。

「彼女、相当参っているみたいでね。もし維慶《いちか》さんの代わりに出場してくれるなら、明日宿泊の用意をしてきて」

茉莉花《まりか》が混乱するのは分かり切っていたことなので、亜季《あき》は回答を求めず取《と》り敢《あ》えず用件を伝えるだけに止《とど》めた。

「じゃあまた明日」

亜季《あき》が軽く手を振って背を向ける。

「あっ、はい。失礼します」

茉莉花《まりか》は混乱したまま、その背中に頭を下げた。

◇　◇　◇

夜十一時過ぎ。アリサの携帯端末で通話の着信音が鳴った。

「あっ、ごめんなさい」

アリサは端末を手に取り、ベランダへ出て行こうとした。

「外に出なくて良いよ。茉莉花《まりか》からなんでしょ？」

日和《ひより》がそれを止める。

アリサは「じゃあ、ごめんね」と日和《ひより》に断って電話に出た。

「もしもし、どうしたの？」

『もう寝るところじゃなかった？　こんな時間にゴメンね』

音声通話にして耳に当てた受話口から茉莉花《まりか》の謝罪が流れてくる。

「まだだよ。それにいつもこの時間でしょ？」

アリサと茉莉花《まりか》が寝る前に電話でお喋《しゃべ》りするのは日課みたいなものだ。ここに宿泊を始めてからは同室の日和《ひより》に遠慮して控え気味だったが、自宅では毎晩交互に掛けていた。

『でも今日は試合で疲れているんじゃないかと思って』

「一時間も仮眠したから、大丈夫だよ。むしろ、ちゃんと眠れるかどうか心配なくらい」

電話口の向こう側で茉莉花《まりか》が『良かった』と胸を撫《な》で下《お》ろす。

『ちょっと相談したいことがあるんだけど……』

そして茉莉花《まりか》は、躊躇《ためら》いがちに打ち明けた。

アリサはその口調でピンときた。

「いちかのこと？」

『……分かっちゃった？』

後ろめたさが声に出たと自覚した茉莉花《まりか》が、恥ずかしそうに問い返す。

「分かるよ。……この話なら、聞くのは私一人じゃない方が良《い》いかな。スピーカーに切り替えるね」

アリサはそう言ってスピーカー通話に切り替えた。

「日和《ひより》、ミーナがいちかのことで相談したいって言ってるんだけど」

「――良《い》いよ」

あたしに？　という風に眉を顰《ひそ》めた日和《ひより》だが、すぐに理解の表情で頷《うなず》いた。

「代役の件が茉莉花《まりか》にも伝わったんだね」

『……うん。裏部《うらべ》先輩から聞いた』

茉莉花《まりか》は一瞬躊躇《ためら》った後、日和《ひより》の言葉を肯定した。茉莉花《まりか》は本当は、アリサだけに相談したかったのかもしれない。

「裏部《うらべ》先輩は何て？」

『いちかの方から選手を代わって欲しいと申し出たって言ってた。いちか、相当参ってるって』

アリサの質問に、茉莉花《まりか》は正直に答えた。

「裏部《うらべ》先輩が言ったことは本当だよ」

日和《ひより》がそれを事実と保証する。

「いちかがずっと体調悪そうにしていたのは、ミーナも知っているでしょう？」

『知ってる』

アリサの問い掛けに、茉莉花《まりか》は言葉少なに頷《うなず》いた。

『あたしの所為《せい》かな、とも思ってた』

そしてこう付け加えた。

「そうかもしれないけど、違うよ」

日和《ひより》が茉莉花《まりか》の見当外れな自責を否定する。

「茉莉花《まりか》という代役がいるからプレッシャーを感じているという面はあると思うよ。でも応援に来ている茉莉花《まりか》を見てプレッシャーが強くなったってことはないはず」

『そうかな？』

「そうだよ。気にしているのはむしろ他人だから」

日和《ひより》は躊躇《ためら》いなくそう言い切った。

茉莉花《まりか》から応えは無い。

「どうしても気になるんだったら、明日いちかと直接話してみたら？」

まだ迷っている様子の茉莉花《まりか》に、アリサが提案した。

『……その方が良《い》いと思う？』

「そうじゃないとミーナも代役を受けられないでしょ」

『うん……。そうするよ。日和《ひより》もありがと』

茉莉花《まりか》の声からは、迷いが少し薄れていた。

◇◇◇

八月十日、新人戦三日目の今日はモノリス・コードの前半とスピード・シューティングの男女ペアが予定されている。

モノリス・コードは九校総当たり戦で一校当たり八試合が十回戦に分けて実施される。今日は一回戦から五回戦、明日は六回戦から十回戦だ。

試合の組み合わせは各校代表による籤引《くじび》きで決まる。どの高校にも十回戦中、二回戦は試合が無い組み合わせが生じるが、これがプラスに働くかマイナスに働くかは籤運《くじうん》次第だ。

一方、スピード・シューティングペアは午前中に三校ずつ三組の予選リーグ戦、午後に各組一位の三校による決勝リーグとなっている。なおスピード・シューティング予選の組み合わせも籤引《くじび》きだ。

現在、各出場チームおよびペアの代表が大会本部で抽選を行っているところだ。

そして一高のテントでは、茉莉花《まりか》と維慶《いちか》の話し合いが詩奈《しいな》と亜季《あき》の立ち会いの下で行われていた。

厚い布の仕切りにより個室のようになっている一角でテーブルを挟んで向かい合う茉莉花《まりか》と維慶《いちか》。二人が遠慮なく話し合えるように、仕切りの内側には詩奈《しいな》が遮音フィールドを張っている。外の騒音が聞こえないだけでなく、盗み聞きされる心配も無い。

「……出場を辞退したいというのは、いちかの本心なの？」

しばらく沈黙が続いた後、口火を切ったのは茉莉花《まりか》だった。

「──私の意志だよ」

維慶《いちか》はわずかに躊躇《ためら》った後、きっぱりと認めた。

「茉莉花《まりか》ちゃんには迷惑を掛けるけど、こんな状態の私が無理に出ても……」

維慶《いちか》がキュッと唇を噛《か》む。

「……誰にとっても、良《い》い結果にはならないと思うんだ。私自身にとっても」

絞り出すような声には苦悩の跡が刻まれている。悩みに悩んだ末に出した結論だと、その口調が雄弁に物語っていた。

「迷惑だなんて思わないよ。補欠ってそういうものだしね」

茉莉花《まりか》は慰めるでも皮肉るでもない、淡々とした話し方で応えた。

だからと言って冷たい印象は無い。当たり前のことを、当たり前に話す口調だった。

「むしろあたしは、練習の成果を出せるから嬉《うれ》しいんだけど」

「そう言ってくれて私も嬉《うれ》しい」

茉莉花《まりか》の少し偽悪的なセリフに、維慶《いちか》は控えめな笑みを浮かべた。

「そう……。もう一つ教えて欲しいんだけど、良《い》いかな？」

「うん、何？」

頷《うなず》く維慶《いちか》には、不思議な程に警戒感が無かった。

「じゃあ遠慮無く。いちかはさ、何から逃げたかったの？」

「逃げる……。面と向かってはっきり言われると、結構くるなぁ」

維慶《いちか》が自嘲するような笑みを浮かべる。

弱々しい、同情を覚えずにはいられないような表情。

「最初からミラージ・バットに出たくなかったわけじゃないんでしょ？」

だが茉莉花《まりか》はそこで、話を止めなかった。

「茉莉花《まりか》さん、それ以上は……」

見かねた詩奈《しいな》が止めようと割って入る。

「そうだよ」

だがそれに被《かぶ》せるように維慶《いちか》本人が話を続けた。

「もちろん最初は選手になれて嬉《うれ》しかった。プレッシャーもあったけど、それよりも『頑張ろう』って気持ちの方が強かった。でも、段々……」

「プレッシャーの方が強くなった？」

「不安の方が強くなった」

訊《たず》ねる茉莉花《まりか》に、維慶《いちか》は違う答えを返した。

「期待に応えられなかったらどうしようって、そればっかり考えるようになった」

「何時《いつ》から？　会場に向かうバスに乗ってから？」

「考え始めたのはその前から。でも不安が耐えられないくらい強くなったのは茉莉花《まりか》ちゃんが言うとおり、バスの中で」

維慶《いちか》の口調が、他人事《ひとごと》を語っているようなものに変化していた。

詩奈《しいな》も、もう止めようとはしなかった。

「今、体調が落ち着いて見えるのは、不安に怯《おび》えている状態が当たり前になっただけ。多分ミラージ・バットのステージの前に立ったら、私、足がすくんで動けなくなっちゃうと思う」

維慶《いちか》の口調が他人事《ひとごと》なのは、そうして自分を客観化しないと不安に押し潰されてしまうところまで来ているからだろう。

維慶《いちか》を苛《さいな》む不安の正体。

「——分かった」

それを、茉莉花《まりか》は訊《たず》ねなかった。

不安の正体を明確化して、維慶《いちか》を追い詰めるのを茉莉花《まりか》は避けた。

「いちかが無責任に安請け合いしたんじゃなくて安心した」

茉莉花《まりか》は維慶《いちか》の個人的な不安の正体に、興味など持っていなかった。ただ彼女は維慶《いちか》が誠実だったかどうかだけを問題にした。

「代役は任せておいて。いちかの分まで活躍してみせるから」

そう言って、茉莉花《まりか》が胸を叩《たた》いてみせる。今時マンガの中でもやらないような少年的な仕草に、維慶《いちか》は思わず失笑した。

笑顔を作ったのは確かに、維慶《いちか》本人の感情だった。

「会長。選手変更登録、よろしくお願いします！」

茉莉花《まりか》がすっくと立ち上がり、詩奈《しいな》に向かって勢い良く頭を下げる。

詩奈《しいな》はその勢いに圧《お》されて、「え、ええ……」と目を白黒させていた。

◇◇◇

モノリス・コードとスピード・シューティングの抽選に出席したそれぞれの代表が戻ってきたのは、まだ茉莉花《まりか》が維慶《いちか》と話している最中だった。

話を終えた茉莉花《まりか》たちが仕切りの中から出てくると、男子が一様に渋い顔をしていた。

「どうしたの？」

詩奈《しいな》が侍郎《さぶろう》を捕まえて訊《たず》ねる。

「話は纏《まと》まった？」「うん」という遣《や》り取《と》りの後、侍郎《さぶろう》は「モノリス・コードの組み合わせがね……」とため息を吐くような口調で話し始めた。

「総当たり戦なんだから何処《どこ》かで試合をすることにはなるんだけど……。三高と三回戦で当たることになったんだよ」

「それの何が問題なの？」

詩奈《しいな》が不思議そうに問い返す。茉莉花《まりか》も亜季《あき》も、横で聞いていて何が問題なのか理解できなかった。

「うちは一回戦の相手が二高、二回戦は九高。そして三回戦は三高」

「……いきなり強敵が続くね」

「三高は一回戦の相手が九高で二回戦は対戦無し」

「うわぁ……」

男子が顔を顰《しか》めている理由を詩奈《しいな》は理解した。

九校戦の下馬評では、モノリス・コードの優勝候補は一高と三高。二高と九高がそれに続く。新人戦はデータが無いので予想は立っていないが、例年の実績から本戦と似た力関係になっていると考えられる。

つまり一高は有力校と続けざまに対戦する組み合わせになっている。しかも二回戦で戦う九高が前の試合で三高に負けていたなら、対一高戦では激しい闘志を燃やして挑んでくるだろう。

一高が対二高戦、九高戦で疲労しているところに、三回戦は二回戦で休憩を取った三高が相手。籤運《くじうん》が悪かったとしか思えない。

苦しい戦いが予想される組み合わせに、詩奈《しいな》も男子たちと似たような顔になった。

茉莉花《まりか》がアリサの許《もと》へ行くと、そこではモノリス・コードに出場する浄偉《じょうい》が上級生よりさらに苦い顔をしていた。

「ジョーイ。対戦前からそんなに弱気でどうするんですか！」

幼馴染《おさなじ》み《な》の小陽《こはる》が――小陽《こはる》本人は「幼馴染《おさなじ》み《な》」の関係性を頑《かたく》なに否定している――浄偉《じょうい》の背中を平手で叩《たた》いて活を入れる。ちなみに、結構いい音がした。

「負けるつもりはないけど……」

浄偉《じょうい》の応えは歯切れが悪い。なお彼は、叩《たた》かれたことについては何も言わなかった。慣れているのかもしれない。

「何か、申し訳なくてさ」

組み合わせの籤《くじ》を引いたのは浄偉《じょうい》だった。

「仕方が無いじゃない。籤《くじ》は運なんですから」

「それはそうなんだが『勝負は時の運』と言うだろ？　縁起が悪くないか？」

「ジョーイ、『禍福はあざなえる縄の如《ごと》し』ですよ。悪運と幸運は釣り合うようにできているんです！」

「そうかなぁ。『不幸は群れをなしてやって来る』ような気がするけど」

「そんな格言はありませんよ！」

なおもキャンキャンと言い合う二人の周りから、友人たちは一歩、二歩と距離を取った。

「あっ、ミーナ」

アリサが茉莉花《まりか》に声を掛ける。まるでたった今、彼女に気付いたかのような口振りだった。

「訊《き》きたいことは全部聞けた？」

「うん、聞けた」

答える茉莉花《まりか》は、不自然なくらい真《ま》っ直《す》ぐにアリサを見ている。——分かり易《やす》く言えばじゃれ合っている浄偉《じょうい》と小陽《こはる》から目を背けていた。

「納得した？」

「納得した」

ただ二人の間で交わされている問答は、騒動から目を背ける為《ため》のものではなかった。

「良かった……」

茉莉花《まりか》の答えを聞いて、アリサは心からの安堵《あんど》感を笑みに映した。

「じゃあミラージ・バットには茉莉花《まりか》が出るということで良《い》いのね？」

明《めい》が横から口を挿《はさ》む。

「うん、出るよ」

「そう……。いちかには残念な次第だけど、一緒に頑張りましょう」

ミラージ・バットの選手は他のソロ競技と違って一校に二人。一高のもう一人は明《めい》だった。

「そうだね。頑張るよ」

こうして茉莉花《まりか》は、補欠から繰り上がった。

◇◇◇

各競技の開始時間になった。

アリサと茉莉花《まりか》は男子スピード・シューティングの応援席にいた。

モノリス・コードには浄偉《じょうい》が出場するのだが、この競技は選手同士が直接魔法をぶつけ合うものだ。アリサが苦手としている「戦い」なので、スピード・シューティングの応援に来ているのである。

では何故《なぜ》女子ではなく男子なのかというと、男子の試合が先に行われるからだ。

スピード・シューティングの試合には四つのシューティングレンジが用意されている。男女合計十八試合を四レンジで順番に回していくのだ。一高女子の順番は二巡目以降となっている。

また、男子の試合には役《まもる》が出場する。アリサだけでなく茉莉花《まりか》にとっても、一緒に試験勉強をした仲だ。応援に行かないという選択肢は無かった。――茉莉花《まりか》の本音は、アリサに役《まもる》の応援はさせたくなかったのだが。

スピード・シューティングのペアは、両校がオフェンスとディフェンスを交替で一回ずつ行う。先攻・後攻はコイントスで決める。

試合開始直前、役《まもる》とペアを組む田原秀気《たわらひでき》がシューターボックスに立った。一高が先攻だ。

秀気《ひでき》に続いて一高のアレンジャーである役《まもる》がその右側、相手校のアレンジャーが左側のボックスに入った。

攻撃側、守備側どちらも『アレンジャー』では記録を取る上で紛らわしいので、攻撃側を『サポーター』、守備側を『ディフェンダー』と呼んで、名称を使い分けている。

シューターの秀気《ひでき》がランチャーを構える。射撃準備姿勢ではなく射撃姿勢。しかもスピード・シューティングで一般的な立　射《スタンディング》ではなく片膝立ちの膝　射《ニーリング》だ。その体勢に客席がざわめく。

長距離の的を狙うなら理解できる。だがスピード・シューティングの的までの平均距離は、三十メートルしかない。クレー射撃の二倍だが、膝を突いて姿勢を安定させなければならない距離ではない。素早い照準が必要なこの競技には、不利しかないように思われるものだ。

観客席のざわめきが消える前に、競技が始まった。

今回のスピード・シューティングは『操弾射撃《そうだんしゃげき》』という魔法競技の要素を大きく取り入れている。火薬もガスも電気も使わず、魔法で実体弾を発射する。これは操弾《そうだん》射撃の競技形態だ。操弾《そうだん》射撃は実体弾を魔法で発射するだけでなく、発射した弾を魔法でターゲットまで誘導することも許されている。この要素もスピード・シューティングのソロ競技に導入された。

弾を誘導するには、それを認識できなければならない。必ずしも肉眼で視認する必要は無いが、少なくとも魔法的には認識できなければならない。その為《ため》、多くの操弾《そうだん》射撃プレーヤーは弾速を低く抑えている。

だが秀気《ひでき》のランチャーから放たれた弾丸は、他の競技者の物と弾速が明らかに違っていた。

スピード・シューティングの試合会場——シューティングレンジの奥行きは五十メートル。その最奥《さいおう》には非常に目の細かい防弾ネットが張られていた。七・六二ミリガトリングガンの連射にも耐えられる強度の物だ。そのネットが、秀気《ひでき》の射撃に大きく波打った。

二枚のターゲットが発射される。二枚の円盤はレンジのやや右よりで同一射線上に乗った。

その瞬間、砕け散るターゲット。ディフェンダーがターゲットをずらすよりも早く、シューターの弾丸が二枚抜きを行ったのだ。

誘導していない弾丸による複数得点。

観客席が大いに沸いた。

サポーターの役《まもる》は「目」と「頭脳」を最初からフル回転させていた。

シューターの秀気《ひでき》が銃口を余り動かさずにターゲットを撃ち抜き、一度ならず二枚抜きを成功させているのは、実は役《まもる》の貢献に依《よ》るところが大きい。

役《まもる》の異能［マルチスコープ］。四代前の一高生徒会長も得意としていたこの異能は、現代魔法学的には知覚系魔法に分類されている。その性質は実体物をマルチアングルで知覚する、視覚的な多元レーダー。

彼はこの能力でターゲットの軌道を発射直後からトレースし、どのように力を加えればターゲットをレンジの中央付近に誘導できるか計算し、ディフェンダーによる干渉があればその直後に軌道を修正するということを繰り返していた。


「……田原《たわら》君、派手だねぇ」

観客席で茉莉花《まりか》が、然程《さほど》熱の無い口調で呟《つぶや》いた。

秀気《ひでき》の高速弾はターゲットに干渉する時間をディフェンダーに与えない為《ため》のものだ。膝射《しっしゃ》の姿勢は弾速に割く魔法力を確保する為《ため》、銃身の固定に充《あ》てる魔法力を節約する為《ため》のものだった。

「得点により多く貢献しているのはサポーターの唐橘《からたちばな》君の方だと思うけど」

アリサが反論するように呟《つぶや》き返す。

「あたしも、貢献度が高いのは唐橘《からたちばな》君の方だと思うよ」

茉莉花《まりか》はアリサの意見を否定しなかった。

膝射《ニーリング》は立射《スタンディング》に比べて高速で移動するターゲットを追尾しにくい。

それを補っているのが役の［マルチスコープ］と判断力だ。

秀気《ひでき》の射撃は他の選手に比べて派手で、多くの観客の目を引いていた。

注目を集めるという彼の――田原家《たわらけ》の目的は達せられているかに見える。

だが実戦魔法師のスカウトを目的に訪れた専門家はアリサと同じ意見だった。彼らは秀気《ひでき》の射撃よりも役《まもる》の魔法を注意深く観察していた。

十分間が経過し、一高のオフェンスが終わった。百発を撃って、得点は九十七点。二枚抜きが何度もあったが、外した数はそれ以上に多かった。それでも、本戦ペアのスコアと比べてもかなり高い得点だ。やはりペアの競技形態では、ディフェンダーの妨害から完全に逃れることはできなかった。

シューターの秀気《ひでき》が退場し、相手校のシューターが中央のボックスに入る。サポーターが左のボックスを選んだので、ディフェンダーに役目を変えた役《まもる》はそのまま右のボックスで後半十分間の開始を待った。

相手校オフェンスの後半が始まる。

シューターの弾丸は、いきなり的を外した。

役《まもる》が巧みにターゲットを射線から外したのだ。

他の要素はともかく事象干渉力を比べれば、役《まもる》は相手校のサポーターに劣っている。役《まもる》は自分の魔法力が平凡なものでしかないと自覚していた。

相手校のサポーターと力比べをしても、おそらく敵《かな》わない。だから役《まもる》は相手の魔法を利用することを考えた。

ここで鍵となるのはスピード・シューティングペアのルールだ。アレンジャー、即《すなわ》ちサポーターとディフェンダーは何度でもターゲットに干渉できるが、使える魔法は加速系単一に限定されている。また、同じターゲットに連続して干渉してはならない。同一のターゲットに再干渉したければ、相手校のアレンジャーの魔法を待たなければならない。

つまり一度に上下左右前後、一方向にしか動かせないということだ。その運動を増幅する。相手の魔法と同一方向への加速系魔法でターゲットに働き掛ける。

魔法の重複で要求される事象干渉力が上昇するのは、現在作用している事象改変を変えようとする時のみ。同じ事象改変を重ね掛けする分には、要求事象干渉力上昇は起こらない。一方向に加速されている物体を同じ方向へさらに加速する魔法は、前の魔法より事象干渉力が劣っていても破綻することなく発動する。だが予定よりも大きく加速されたターゲットは、シューターの照準を外れた位置に飛ぶ。ターゲットを静止させようとした場合も原理的には同じだ。減速、つまり現在の運動ベクトルとは逆方向に加速する魔法は、同じ方向への加速魔法で対象物を逆行させる魔法となる。

これは別に高度なアイデアではなく、むしろ誰にでも考え付く戦術だ。しかしそれを実行するには相手が使った魔法を素早く認識し判断する能力が必要となる。役《まもる》は［マルチスコープ］で対象物を同時並行、多角的に判断することに慣れていたから、それが可能だった。

相手校の得点が中々伸びない。外れ弾の多さにシューターは苛立《いらだ》っているように見えた。

「やるね」

茉莉花《まりか》が「思わず」という口調で役《まもる》のプレーを称賛した。

「無理してないと良《い》いけど」

アリサは少し心配そうだった。


後半十分間が終了した。相手校の得点は六十九点。

一高ペアは第一試合を勝利で飾った。

◇◇◇

アリサと茉莉花《まりか》は引き続き女子の試合を応援するのではなく、いったんテントに戻った。モノリス・コードの結果が気になったからだ。

「部長、どんな状況ですか？」

茉莉花《まりか》がテントに残っていた千香《ちか》に現状を訊《たず》ねる。

「モノリス・コードか？」

今日の千香《ちか》は短髪の「男前モード」だ。

「一回戦は勝ったぞ。三高と九高の試合は、まだ決着がついていない」

千香《ちか》は「ほれ」と言いながらサブモニターを指差した。

モノリス・コードは試合中の全てのステージを会場内の有線放送で流しているが、サブモニターの映像は三高対九高の試合に固定されていた。

試合会場は渓谷ステージ。

モニターの映像は左右に分割され、それぞれのモノリス前が映し出されていた。

九高陣地にはオフェンスが一人とディフェンスが一人。

三高陣地にもオフェンス一人、ディフェンス一人。

「竜樹《たつき》さん……」

三高のディフェンスを見て、アリサが思わず呟《つぶや》いた。

「これ、両方とも一人ずつ倒されているんですか？」

茉莉花《まりか》の質問に、千香《ちか》は「そうだ」と頷《うなず》いた。

「白熱の一戦だな。予想していたより三高と九高の実力は拮抗《きっこう》していた」

九高のモノリス前ではオフェンスの選手がディフェンスの選手に猛攻を掛けている。モノリスに隠されたコードを打ち込むのではなく、完全に相手の戦闘不能を狙っている感じだ。

一方、三高のモノリス前では九高の選手が竜樹《たつき》を攻めあぐねている感じだ。堅牢《けんろう》な魔法シールドにオフェンスの攻撃はことごとく阻《はば》まれている。

「あれは十文字《じゅうもんじ》の弟だろう？」

千香《ちか》の問い掛けに、アリサは「異母弟ですが」と答えながら頷《うなず》いた。

「こういう言い方は好きじゃないかもしれないが、さすがは『鉄壁』の十文字《じゅうもんじ》だな。あのシールドはオレでも苦労しそうだ」

茉莉花《まりか》が千香《ちか》に、少し意外そうな目を向ける。

「――何だ、茉莉花《まりか》？」

その視線に気付いた千香《ちか》が質問を促した。

「部長なら苦労しても、破れるんですね」

だが茉莉花《まりか》のセリフは質問ではなく確認だった。

「実際に対戦してみなきゃ分からないが、多分破れると思うぜ」

分からないと言いながら、千香《ちか》の口調は自信ありげだ。

「多重障壁魔法［ファランクス］。破った障壁が瞬時に再構築される魔法。だったら再構築できなくなるまで殴り続ければ良いだけだ。突き詰めれば茉莉花《まりか》の［リアクティブ・アーマー］と攻略法は同じだよ」

確かに単純化すればそうだろう。そして物事の本質は意外に、単純化した先にあるものだ。絶え間なく攻撃され続ければ、何時《いつ》かは限界が来る。どんな防御も反撃があってこそ活《い》きるもの。反撃しなければ自衛もできない。

アリサは今、戦うことから逃げている自分の末路を突き付けられたような気がした。

三高対九高は、九高のオフェンスを倒した竜樹《たつき》が相手の本陣へ攻め込み、九高のディフェンスを倒して勝利を掴《つか》んだ。ただ勝ちはしたが、三高も最後まで立っていたのは竜樹《たつき》一人だった。

◇◇◇

三高対九高の試合が終わる頃には、先に試合を終えた浄偉《じょうい》たちがテントに戻っていた。

「三高が勝ったか……。そう都合良くは行かないな」

試合結果を見て、浄偉《じょうい》が残念そうに呟《つぶや》く。これで次の試合、九高は「絶対に負けられない」という意気込みで向かってくるに違いない。一高としては三高が九高に負ける展開の方が都合良かった。

モノリス・コードの試合はどんなに長くても三十分は掛からない。大抵二十分前後で勝負が付く。一回戦では一高が約十五分で勝利を収め、三高は二十分台前半で勝利を決めた。

モノリス・コードの試合開始予定時刻は九時、十時半、十三時、十四時半、十六時だ。試合と試合の間には、長いインターバルが確保されている。これは、試合で負ったダメージを回復する為《ため》のもの。

つまり一時間もあれば傷を治療し体力を回復させる医療体制がここには用意されているとい

うことだ。さっきの試合で九高が全員戦闘不能になったからといって、次の試合で戦力が大幅に低下するとは見込めない。

「厳しい戦いになりそうだ」

独り言《ひとご》ちた浄偉《じょうい》に誰も、小陽《こはる》でさえも気休めの言葉は掛けられなかった。

【6】新人戦──白熱の草原

午前の競技が終わった。

一高はスピード・シューティングで男女とも予選を突破。

モノリス・コードは九高を下し二連勝を飾った。

アリサも茉莉花《まりか》も、ランチは予選を突破したスピード・シューティング女子ペアを労《ねぎら》い激励しようと同じテーブルに着くつもりだったのだが、その二人は亜季《あき》に捕まってしまった。多分亜季《あき》はアドバイスをするつもりなのだろう。アリサたちは邪魔をしないように、別のテーブルで食べることにした。

相席は浄偉《じょうい》と役《まもる》を含めた、いつものメンバー。

「ジョーイ、チームメイトと打合せをしなくて良いんですか？」

小陽《こはる》がアリサも思っていたことを訊《たず》ねた。

「今更打ち合わせなきゃならないことは無いからな」

浄偉《じょうい》は軽く肩を竦《すく》めるような雰囲気で──実際に肩を竦《すく》めはしなかったが──答える。

「三高との試合は草原ステージだっけ。市街地とか森林とかなら工夫の余地もあるけど、草原ステージは正面からぶつかる以外に無いからね」

役《まもる》が長めで理屈付きの相槌《あいづち》を打った。

「唐橘《からたちばな》君は田原《たわら》君と打ち合わせしなくて良いの？」

今度は茉莉花《まりか》が役《まもる》に訊《たず》ねる。会話の流れに沿った質問だが、彼をアリサの側《そば》から遠ざけようとする意図が少しはあったかもしれない。

「……今は一緒にいない方が良《い》いみたいなんだよ」

冗談めかした言い方だが、冗談で口にする内容ではなかった。

思い掛けない回答に面食らった茉莉花《まりか》は、困惑の表情でアリサと顔を見合わせた。

明《めい》が「そうなんだ」と、何故《なぜ》か納得の口調で呟《つぶや》いた。

小陽《こはる》が明《めい》の顔を上目遣いで窺《うかが》う。本当は説明して欲しいのだが、口に出しては言えないと目で語っていた。

「田原《たわら》君は計算が狂って苛立《いらだ》っているんでしょ。唐橘《からたちばな》君が気にする必要は無いわ」

明《めい》は「言《い》い辛《づら》い」「訊《き》き辛《づら》い」という空気を無視した。

「計算って？」

茉莉花《まりか》も「空気を読まない」に便乗する。

「ずっと女子の応援に行ってたから田原《たわら》君のプレーは見ていないけど、練習の時と同じ射撃スタイルだったんでしょう？」

明《めい》の指摘に役《まもる》は微《かす》かな苦笑いを浮かべ、アリサは躊躇《ためら》いがちに頷《うなず》いた。

明《めい》は軽くため息を吐いた。

「……ディフェンダーに介入の隙を与えないというのは作戦としてありだと思うけど、あのやり方じゃサポーターに負担が掛かるだけよ。素人《しろうと》受けはしても、専門家には評価されないわ」

酷評と言えるだろう。それを明《めい》は感情的にではなく、理性的な口調で告げた。たださすがに、声量を抑える配慮は明《めい》にもあった。

「実際に試合をして、専門家の評価が芳《かんば》しくないって肌で感じたんじゃない？　そういうのって雰囲気で分かるから」

「あー、分かる。値踏みするような視線って刺さってくるよね」

茉莉花《まりか》は実感を込めたセリフと共に深々と頷《うなず》いた。

◇　◇　◇

午後の競技が始まった。

アリサと茉莉花《まりか》は友人たちと一緒にモノリス・コード草原ステージの応援席にいた。

アリサは午前に引き続き役《まもる》の応援に行くつもりだったのだが、その役《まもる》本人に「ジョーイの応援に行ってあげてよ」と言われたのだ。

確かにこの試合はモノリス・コードの優勝だけでなく新人戦全体の順位も左右する大事な試合だ。戦闘が苦手なアリサも、実は気になっていた。だから役《まもる》の言葉どおり、予定を変えることにしたのである。

それに、この試合を見に来た理由はもう一つあった。

(竜樹《たつき》さん……)

九高との試合で三高の勝利を決定づけた竜樹《たつき》は、自陣のモノリス前から一高チームを落ち着いた眼差《まなざ》しで見詰めている。一高の応援席にいるアリサに注意を払っている様子は無い。

「気にしすぎるのは良くない」

不意に声を掛けられて、アリサはビクッと身体《からだ》を震わせ慌てて振り返る。話し掛けてきた相手は、何時《いつ》の間《ま》にか後ろの席にいた勇人《ゆうと》だ。——別に勇人《ゆうと》が忍び寄ったのではなく、アリサが竜樹《たつき》に気を取られていただけだった。

「決めたのは克人《かつと》兄さんだ。アリサには何一つ責任は無い」

「……分かっています」

アリサは「不倫をした母親が悪い。だから自分にも責任がある」とは考えていない。そこまで自虐的な性格ではないというより、母親を悪者にするのは彼女にとって認められないという面が強かった。

しかし嫌われているという事実を無視できるほど強靱《きょうじん》な精神も、持ち合わせていなかった。

その所為《せい》で家族が離れ離れになっているという事実を前にすれば、尚更《なおさら》気にしないのは難しい。

勇人《ゆうと》に「分かっている」と応えたのは嘘《うそ》ではない。

だが分かっていても、そうそう自由にならないのが人の心というものだ。

竜樹《たつき》を気にしすぎているという自覚があるなら、彼のことを見ないようにするべきだ。だがどうしても気になって目を向けてしまう。——アリサはそんな状態だった。

そんな彼女を、茉莉花《まりか》が隣の席から心配そうに見ていた。


試合は大方の予想どおり、一進一退の展開となった。

一高のモノリスを浄偉《じようい》が守り、三高の選手二人——左門《さもん》と百目鬼《どうめき》善雄《よしお》を無力化している。

一方三高のモノリスを守るのは竜樹《たつき》だ。こちらも一高の選手を、浄偉《じようい》を除いてノックアウトしていた。

浄偉《じようい》と竜樹《たつき》の、一対一の対決。

二人はお互いをじっと見詰め、同時に戦場《フィールド》の中央に向かって歩き出した。

遠距離から魔法を撃ち合う展開にはならない。二人とも近距離を得意とする魔法師だ。お互いに自分の持ち味を活《い》かせる間合で勝負するつもりだった。

会話できる距離まで間合が詰まる。

竜樹《たつき》が足を止め、浄偉《じようい》も足を止めた。

浄偉《じようい》が指を揃《そろ》えた右手を、左から右へ水平に振る。

浄偉《じょうい》から竜樹《たつき》へ、熱を伴う閃光《せんこう》が放たれた。重度の火傷《やけど》を負わせる類《たぐい》の熱ではない。皮膚の表層に焼け付くような痛みを与え無力化する、暴徒鎮圧兵器ADS（アクティブ・ディナイアル・システム）と同じ効果をもたらす電磁波による熱だ。それに激しい閃光《せんこう》によるショックを重ねて相手を無力化する、浄偉《じょうい》が得意とする魔法［ヒートフラッシュ］。

火狩浄偉《かがりじょうい》。彼は魔法師開発事業の初期に、十師族《じゅっしぞく》より先に作り出されたいたい『エレメンツ』の血を受け継ぐ者。

エレメンツとは現代魔法学の基本である四系統八種の分類体系が確立する前、伝統的な属性「地」「水」「火」「風」「光」「雷」といった分類に基づくアプローチが有効だと考えられていた時期に開発された魔法師だ。浄偉《じょうい》は父親が「火」、母親が「光」の血統で、両者の特性を受け継いだ魔法師だった。

肉体的には「火」の、インナーマッスルが発達し外側の筋肉が付きにくいという特徴が強く出ており、浄偉《じょうい》の体型は一見ヒョロッとしている。

だが魔法面はどちらかと言えば母親の「光」を強く受け継いでいた。今、彼が使った［ヒートフラッシュ］もミリ波と可視光の二種類の電磁波を浴びせる「光」系統の魔法である。

浄偉《じょうい》が右手を振ると同時に、竜樹《たつき》も右手を開いて前に掲げた。

竜樹《たつき》を中心にしてドーム型の魔法シールドが形成される。

それが、三高選手の二人を無力化した［ヒートフラッシュ］を防ぎ止めた。

この魔法には防御型と攻撃型の二種類があって、竜樹《たつき》が発動したのは広く知られている方の十文字家《じゅうもんじけ》の代名詞とも言える魔法［ファランクス］だ。

［防御型ファランクス］。

この［防御型ファランクス］の強みは物理的効果を持つ攻撃であれば、それがどんな種類の攻撃か分かっていなくても防ぐことができるという点にある。

かつて司波達也《しばたつや》は——ほとんど知られていないことだが——［バリオン・ランス］という特殊な魔法で［防御型ファランクス］を破ったことがあった。

しかしあれは［バリオン・ランス］が［防御型ファランクス］の突破を目的の一つとして開発された魔法であるという点を考慮しなければならないだろう。逆に言えば［バリオン・ランス］のような特殊な魔法を用いない限り、物理的な効果を持つ魔法で［ファランクス］の防壁は突破できないということになる。

竜樹《たつき》の魔法シールドは浄偉《じょうい》の魔法を防いだが、打ち消したわけではない。閃光《せんこう》は竜樹《たつき》の視神経にダメージを与える代わりにシールドの表面で乱反射し彼の視界を光の幕で覆った。視線を遮る光の幕は前方だけでなくドーム状のシールド全面に発生しており、竜樹《たつき》は外の様子が全く見えなくなった。

だが竜樹《たつき》は慌てなかった。

視界を覆う光の幕は敵の魔法の謂《い》わば余波。長くても数秒で消えるものだと分かっている、一時的なものだ。

今最も警戒しなければならないのは竜樹《たつき》が盲目状態になっている間に敵が自陣のモノリスに接触して勝敗の条件となっているコードを読み取る可能性。だが今の位置からなら、光の幕が消えてから追い掛けても十分に間に合うはずだった。

しかし浄偉《じょうい》は、この隙にモノリスを攻略することなど考えていなかった。

敵に背を曝《さら》すなど怖すぎて思い付きもしなかった。浄偉《じょうい》が考えたのはただ一つ、この場で三高一年生のエース、十文字《じゅうもんじ》竜樹《たつき》を倒すことだ。彼は［ファランクス］のシールドを破るべく、自身の持つ最強の魔法を発動した。

目に見えない熱線が［ファランクス］の表面を焼く。一点だけでなく何ヶ所も。その光景を赤外線スコープで見たならば、何もない空中の様々な場所から様々な角度で細いビームがシールドに注がれている様が観察できたはずだ。

赤外線レーザービームを作り出す光波振動系魔法［レーザータレット］。

武装デバイスを利用して高出力赤外線レーザー弾を撃ち出す［レーザースナイピング］に比べれば威力は落ちるが、武装デバイスを必要とせず、空中に発射口を設定できるという利点がある。

パラサイトとなって死んだスターズの元隊員が得意としていた［レーザースナイピング］に威力で劣るとはいえ、［レーザータレット］にも十分な殺傷力がある。だから浄偉《じょうい》は、決してビームが竜樹《たつき》に当たらないように角度を付けて放っていた。

［レーザータレット］の目的はあくまでもシールドの破壊。魔法シールドを破れれば、即座に［ヒートフラッシュ］で相手を無力化するつもりだった。

まだ光の幕で視界が塞がれているシールドの中で、竜樹《たつき》は［ファランクス］の表層が破壊されたのを知覚した。

シールドを一枚壊されたくらいで［ファランクス］は破られない。シールドが破壊されれば瞬時に新しいシールドが構築され置き換わる。それが多重障壁魔法［ファランクス］だ。

しかしシールドが無限に再構築されるわけではない。実を言えば竜樹《たつき》は防御型よりも攻撃型の［ファランクス］の方が得意だ。いや、防御型が苦手だ、と言う方が適切か。

長兄の克人《かつと》のシールド再構築回数の限界が九百九十九回であるのに対して、竜樹《たつき》の限界はその半分をわずかに上回る五百二回。実用的にはこれでも十分な回数だが、一歳違いの勇人《ゆうと》の限界が七百九十一回であることを考えると、やはりまだまだと言わざるを得ないだろう。

それに、シールドの破壊は一枚きりではなかった。竜樹《たつき》の体感で、毎秒一枚のペースで破壊が続いていた。

このペースでも［ファランクス］が崩壊するまで十分間近い猶予がある。だがそれまで待つつもりなど、竜樹《たつき》には当然無かった。

体感時間で十秒弱。ようやく敵の閃光《せんこう》魔法の影響が消え視界が晴れる。

相手選手の攻撃はシールドにダメージを与え続けていたが、竜樹《たつき》は構わず［攻撃型ファランクス］を発動した。

自らが放った閃光《せんこう》と魔法シールドが干渉して生じた光の幕が消え相手の姿が見えた直後、浄偉《じょうい》は［レーザータレット］がシールドに当たらず地面を焼いたのを知覚した。「空振り」だ。

その意味するところは、防御シールドの消失。

浄偉《じょうい》は用意していた［ヒートフラッシュ］を放とうとした。

しかしその魔法が完成するより早く、彼は透明な壁と激突し後方に跳ね飛ばされた。

自分が壁に激突したのではない。壁の方から押し寄せてきたのだ。

浄偉《じょうい》は草の上を転がりながら、対物魔法障壁を叩《たた》き付《つ》けられたのだと覚《さと》った。敵が防御に使っていた魔法障壁を飛ばして攻撃に転用したのだと推測する。

予想外の攻撃だった。不意を打たれた所為《せい》で、まともに喰《く》らってしまっていた。

(骨は……折れていない)

浄偉《じょうい》は畳み掛けられるのを警戒して、身を起こし片膝立ちになった。

意地を張らず十文字家《じゅうもんじけ》の魔法についてアリサに訊《き》いておけば良かった、という後悔が脳裏《のうり》を過《よぎ》る。対物障壁を飛ばす魔法があると分かっていれば、防御の為《ため》のシールドが解除されていることを察知した時点で今の攻撃を警戒しただろう。そして躱《かわ》せなかったとしても、ダメージは最小限に抑えられていたに違いない。

しかしのんびり後悔している余裕は無かった。物質を通さないという意味で鋼鉄の壁を上回る硬さの魔法障壁が浄偉《じょうい》を後ろへ跳ね飛ばす。

彼の身体《からだ》は宙に浮き、二メートル以上を飛んで両足で着地した。彼は新たなダメージをほとんど負わなかったかの如《ごと》く、腰を落とした姿勢からすぐに立ち上がり、竜樹《たつき》に向かって［ヒートフラッシュ］を放った。

二発目の［攻撃型ファランクス］も一発目と同様に間違いなく命中した。

手応えは十分だった。

(何っ?)

だから浄偉《じょうい》がすぐに立ち上がったのが、竜樹《たつき》には信じられなかった。

竜樹《たつき》は慌てて防御シールドを張った。苦手な［防御型ファランクス］は間に合わないと咄嗟《とっさ》に判断して単純な対電磁波障壁魔法を選んだ。

押し寄せる閃光《せんこう》。

対物シールドではなく対電磁波シールドを選んだのは賭けだったが、正解だったようだ。

竜樹《たつき》はシールドを張ったまま、三発目の［攻撃型ファランクス］を放った。

（読まれていたか！）

［ヒートフラッシュ］を魔法シールドで防がれて、浄偉《じょうい》は心の中で舌打ちを漏らした。

伝わってくる事象干渉力の高まり。

（来る！）

浄偉《じょうい》は移動障壁による攻撃魔法が放たれると察知した。

彼は防御の為《ため》の魔法を発動する。エレメンツとして受け継いだ魔法ではなく、一高に入学してから教わった魔法だ。

押し寄せる対物魔法シールド。物質を通さない障壁は、ぶつかった物体を押し潰そうとする。

しかし浄偉《じょうい》の身体《からだ》は形を保ったまま――身に着けている服とプロテクターの相対位置を保ったまま、変形せずに後方へ跳ね飛ばされた。

跳ばされた時と同じ姿勢で、草の上に両足で着地する。地面に足を付けた直後、大きく腰を落としたが転倒には至らず、浄偉《じょうい》はすぐに体勢を立て直した。

浄偉《じょうい》がダメージを防ぐ為《ため》に使った術式は、硬化魔法だった。

構成部品の相対位置を維持することにより破損を防ぐ魔法。

服とプロテクターを部品と認識し衝突前の相対位置を固定することで鎧《よろい》に変えて、対物障壁の衝突に対抗したのだ。

硬化魔法は一高山岳部に伝わる伝統技術。伝統と言っても二代前の部長・西城《さいじょう》レオンハルトが落下事故や落石事故に備えた緊急対応技術として当時の部員に教えたのが始まりだった。

魔法シールドを張るより身に着けた物を「硬化」する方が、一般的に持続時間が長い。次々と岩が降ってきて何時《いつ》止《や》むか分からないような状況、滑落し続けて何時《いつ》止まるか分からないような状況では、この持続時間の長さが役に立つ。西城《さいじょう》レオンハルトの教えを受けた前部長がそう考えて山岳部部員の必修技術と決めた、という経緯があった。

浄偉《じょうい》は入部以来叩《たた》き込まれたその魔法を反射的に使って、二発目、三発目の［攻撃型ファランクス］を凌《しの》いだのだった。

お互いにフィニッシュを意図した魔法を防がれて、浄偉《じょうい》と竜樹《たつき》の戦闘は消耗戦に突入した。［ヒートフラッシュ］と［攻撃型ファランクス］の応酬。浄偉《じょうい》は硬化魔法、竜樹《たつき》は対電磁波シールド魔法で相手の魔法を防御する。

合間合間に［防御型ファランクス］と［レーザータレット］が挿入される。

十分以上、試合開始から計れば三十分近い激闘の末。

最後に立っていたのは、十文字《じゅうもんじ》竜樹《たつき》だった。

新人戦モノリス・コード三回戦、一高対三高の試合は三高の勝利で幕を閉じた。

振り返ってみれば、決め手となったのは一発目の［攻撃型ファランクス］。浄偉《じょうい》が不意を突かれ無防備な状態で受けたあのダメージが、最後の最後で明暗を分けた。

【7】新人戦――夜空の舞闘

新人戦三日目の競技が終了した。

モノリス・コードは明日六回戦から十回戦を残しているので、最終的な順位は確定していない。だが一高は三高に敗れたことで、この種目の優勝は難しくなった。

他の種目では、スピード・シューティング男子ペアが一位、女子が三位。この種目では三高が男女とも二位だったので点差は付かなかった。

新人戦の暫定順位は一位一高、二位三高で変わらず。だがモノリス・コードは一位と二位で二十点のポイント差が付く。新人戦優勝はミラージ・バットの成績で決まりそうな様相を呈していた。

「……まあ、あたしと明《めい》がワン・ツーフィニッシュを決めれば新人戦優勝は決まりでしょ」

新人戦の優勝が懸かっているから明日は頑張って、と夕食の席で同じ一年生女子から言われた茉莉花《まりか》は、それ程プレッシャーも感じていないような顔でそう応えた。

これには意地の悪い激励をした維慶の友人も、鼻白んだ表情で絶句してしまう。

「ちょっと、茉莉花《まりか》。そんな無責任な……」

焦《あせ》ってしまったのは茉莉花《まりか》と共にミラージ・バットに出場する明《めい》だった。

「無責任？　何で？」

茉莉花《まりか》は明《めい》に向かってコテッと小首を傾《かし》げる。

しかしその直後、「ああ、そうか」と理解の表情を浮かべた。

「あたし、絶対に優勝する自信があるとか言ってるんじゃないからね」

「どういうこと……？」

明《めい》は戸惑いを隠せない。

「試合に出る以上、勝つつもりで挑むのは当然でしょ」

「それは、そうだけど……」

「三高からは、一条《いちじょう》さんが出るからね。厳しい戦いになるのは分かってる。でも優勝するつもりで臨まなきゃ、勝てる試合も勝てないよ」

「……茉莉花《まりか》らしいね」

明《めい》が半分感心、半分呆《あき》れ声で感想を漏らした。

しかし残念ながら、プレッシャーを推進力に変える茉莉花《まりか》の強さを肯定的に感じる生徒だけではなかった。

彼女に反感を向ける女子生徒も、ゼロではなかった。

その視線はあからさまなものではなかったが、少なくともアリサは気付いていた。

◇◇◇

一高ではホテルの部屋割りを、ペア競技ならばペア同士を同室としている。毎年そうというわけではなく、これは詩奈《しいな》（生徒会長）と亜季《あき》（風紀委員長）と碓氷《うすい》威満《たけみつ》（部活連会頭）が話し合って決めた方針だ。――なお生徒会長、風紀委員長、部活連会頭が九校戦代表団の幹事を務めるのは代々の伝統である。

ただこの部屋割りは絶対の原則ではなく、当事者全員の合意で相部屋の相手を交換することもできる。

補欠から選手に繰り上がった茉莉花《まりか》は今日からホテルの、選手用の部屋に宿泊だ。選手を交代した維慶《いちか》は東京《とうきょう》にある実家に戻った。通常ならば茉莉花《まりか》は彼女の代わりに明《めい》と同じ部屋になるところだ。

だが茉莉花《まりか》はアリサと同室になった。元々アリサと相部屋だった日和《ひより》が維慶《いちか》の代わりに明《めい》の部屋に移動した。茉莉花《まりか》が言い出したのでもアリサが言い出したのでもなく、明《めい》と日和《ひより》が気を利《き》かせた結果である。

「ミーナ、明日は試合なんだからそろそろ寝ないと」

「んーっ、そうだねぇ」

「それに何時《いつ》までもその格好じゃ、夏とはいえ風邪引くよ」

「んーっ、そうだねぇ」

「こらっ！」

バスタオルを巻いただけの格好で抱き付いて離れようとしない茉莉花《まりか》の頭をアリサがコツンと叩《たた》く。

「いったぁーい」

「嘘仰《うそおつしや》い」

両手で頭を押さえて抗議する茉莉花《まりか》に白けた目を向けるアリサ。

叩《たた》いたといっても振りだけだ。強く撫《な》でる程度の力しか入れていない。

本気で痛がっていないのは、子供のような甘えた口調で明らかだった。

「はい。いい加減に服を着ようね」

アリサが茉莉花《まりか》の荷物から取り出したパジャマを差し出す。

「アーシャ、冷たい」

茉莉花《まりか》は態《わざ》とらしい寂しげな表情を作って、渋々パジャマを受け取った。

「私はずっと抱き付かれていて暑かったよ」

ホテルの浴室は、残念ながら二人一緒に入れる広さではなかった。だから入浴は別々、アリサ、茉莉花《まりか》の順に済ませた。

それが不満だったのか茉莉花《まりか》は入浴後の髪のケアをしてもらった後、十分以上もパジャマ姿のアリサにぴったりと抱き付いて離れなかったのだ。

「まったくミーナったら……」

アリサが携帯端末形態の、ボタン式のCADを操作する。

風呂上《ふろあ》がりに巻いたバスタオルは、濡《ぬ》れているという程ではないが湿っていた。その湿気はアリサのパジャマにも移ってしまっている。アリサはそれを乾かす為《ため》の魔法を使ったのだ。

試合にも使っている思考操作型のCADを使わなかったのは、手動の方が楽だからだ。手を空けておく必要がある状況では思考操作型、そうでないシチュエーションでは手動型とCADを使い分けている魔法師は多い。

ふんわりと乾いたパジャマの感触を手で確かめて、アリサは満足げに微笑《ほほえ》んだ。彼女の目は自分の手許《てもと》に向いている。茉莉花《まりか》が見えていない。

その隙を狙っていたのか。素早く——雑にパジャマを着込んだ茉莉花《まりか》がアリサの胸に飛び込んだ。その勢いを受け止めきれず、アリサは悲鳴を上げながら後ろに倒れる。座っていたのがベッドの上でなかったら、悲鳴を上げただけでは済まなかったに違いない。

「もぅ……。ミーナ、寝なきゃダメだって」

自分の上にのし掛かる茉莉花《まりか》を、アリサが両手で押し退《の》けようとする。

だが、動かない。背はアリサの方が高く、体重はほとんど変わらない。だがアリサがいくら力を込めても、茉莉花《まりか》はびくともしなかった。

「ミーナっ。悪ふざけはお仕舞《しま》い！」

「一緒に寝よ？」

語調を強めたアリサに、茉莉花《まりか》は甘く強請《ねだ》った。

「……狭いよ？」

ホテルのベッドはツイン。二人で一つのベッドを使うサイズではない。

「平気《へーき》」

だが茉莉花《まりか》に譲る気が無いのは明らかだった。

「仕方無いなぁ……」

結局、譲ったのはアリサだった。

「灯《あか》り、消すよ」

「うん」

茉莉花《まりか》の返事は、アリサの鎖骨の辺りから聞こえた。

茉莉花《まりか》はアリサの身体《からだ》に絡《から》み付《つ》くようにして寝ている。――いや、絡《から》み付《つ》いている。

それでいてアリサが特に苦しそうでないのは、慣れてしまっているからか。この状態でも眠気はすぐに訪れた。

「アーシャ」

「何《なあに》？」

アリサの発音は既にあやふやになっている。

「あたし、頑張るよ」

「うん？　うん、そうだね……」

茉莉花《まりか》の声音が変わったことにも、アリサはぼんやりとしか気付いていない。

「あたしが代わりに出るのが気に入らないって子がいるのは、もう仕方が無いことだと思うんだ。きっとあの子たち自身も自分の気持ちを持て余しているんじゃないかな」

「そうだね……」

ミーナも気付いていたんだ、とアリサは半睡眠状態の意識でぼんやり思った。

「でもあたしにはどうしようもない。どうしようもないから、あの子たちのことは気にしない」

「ふふっ……そうだね」

アリサは失笑しながら「ミーナらしい」と思っていた。

「だから……明日は頑張るよ。誰の為《ため》でもなく、ただ頑張る。……寝ちゃった？」

「……」

「あたしも眠いや……。おやすみ……」

久々にアリサと一緒の「お泊まり」に興奮して中々眠気が訪れなかった茉莉花《まりか》にも、ようやく眠りが訪れた。

「痛い……」

翌朝。茉莉花《まりか》によって一晩中抱き枕にされたアリサは、目を覚ました時、身体《からだ》のあちこちに鈍い痛みをもたらす凝《こ》りが生じていた。

◇◇◇

九校戦通算八日目。新人戦は最終日を迎えた。

今日の種目はモノリス・コード後半とミラージ・バット。どちらも九校戦の花形競技だ。

モノリス・コードは第六回戦から第十回戦。ただ試合数は試合無しが二回戦分あった三高を除いて四試合。三高だけが五試合だ。

一方、ミラージ・バットは一校当たり出場選手二名、合計十八名を三つの予選グループに分け、各組上位二名の六名で決勝を行う形を取っている。またミラージ・バットの試合会場《ステージ》は一つで、午前中に予選三試合を順に行い、午後七時からナイターで行うという、他の競技とは大きく異なる運営要領が採られていた。

明《めい》の出番は予選第一試合。試合開始時刻は午前九時。なお茉莉花《まりか》は予選の第二試合で、開始時刻は午前十時十五分だ。

アリサと日和《ひより》は浄偉《じょうい》に激励の言葉を掛けて、ミラージ・バットの応援席に来ていた。小陽《こはる》は技術スタッフとして選手控え室にいる。試合が始まればステージに接する待機ゾーンに出てくるはずだ。

そして第二試合の茉莉花《まりか》は、ミラージ・バットのコスチュームの上にクーラージャンパー（熱電効果による冷却機能がついた防暑用スタジアムジャンパー）を着てアリサの隣にいた。

第一試合が終わるのは九時五十五分。ミラージ・バットは時間制で、終了時間がずれ込むことは無い。第二試合開始まで二十分間あるので、第一試合が終わるまで客席にいても試合に遅れることはない。

応援席にいる選手は茉莉花《まりか》だけではなかった。三高の応援席には一条茜《いちじょうあかね》の姿があった。

◇◇◇

「茜《あかね》、遠上《とおかみ》さんがこちらを見ていますよ」

茜《あかね》にそう話し掛けたのは、金沢《かなざわ》から応援に来た一条《いちじょう》レイラこと、元大亜連合《だいあれんごう》の国家公認戦略級魔法師・劉麗蕾《リウ・リーレイ》だった。

「ホントだ」

茜《あかね》が少し腕を上げて、何もせずに下ろす。彼女は茉莉花《まりか》に手を振ろうとして途中で止めたのだった。

「彼女も出場するのですね」

「最初は選手名簿に無かったんだよ。選手だった子が調子を崩して交代したのかな」

「一高には到着早々お医者様に診てもらった女子がいたと聞いています。多分、その方の代わりではないでしょうか」

茜《あかね》とレイラの会話を聞いていた浩美《ひろみ》が口を挿《はさ》む。

「そうなんだ……。その子には気の毒だけど、御蔭《おかげ》で楽しみが増えた」

茜《あかね》が生き生きとした笑みを浮かべた。

「遠上《とおかみ》さんは第二試合です。決勝まで進まなければ、茜《あかね》さんとは当たりませんね」

浩美《ひろみ》が端末に呼び出した選手名簿を見ながら言う。茜《あかね》は予選三組だ。

「大丈夫でしょ」

茜《あかね》の笑顔には、何の不安も映っていなかった。彼女は自分の予選突破も、茉莉花《まりか》の決勝進出も、まるで疑っていなかった。

◇◇◇

その頃、モノリス・コードの会場ではちょっとした騒動が持ち上がっていた。場所は森林ステージの選手控え室付近。三高の控え室と、その周り。

「一条《いちじょう》先輩！　態々《わざわざ》お越しいただき、恐縮です！」

三高選手団の団長が緊張の面持ちで深々と腰を折っている。その相手は三高ＯＢで、且《か》つこの国二人目の国家公認戦略級魔法師、一条将輝《いちじょうまさき》だ。

「そう畏《かしこ》まらないでくれ。妹の応援のついでに顔を出しただけなんだ」

気さくな態度で将輝《まさき》は後輩の緊張を和らげようとしている。少なくとも後輩に対する姿勢では、ライバルの司波達也《しばたつや》よりできていると言えるだろう。

その態度が多分に照れ隠しだとしても。

本当は妹の応援に来た少女——劉麗蕾《リウ・リーレイ》のことだ——の付き添いで、嫌でも九校戦の会場に来なければならなかったという、本人的には情けない事実を隠す為《ため》だったとしても。

「竜樹君《たつき》」

一通り上級生の挨拶——「謁見」と表現する方が相応《ふさわ》しくすら思える光景だった——を受け終えた将輝《まさき》は竜樹《たつき》に声を掛けた。

「一高に勝ったんだな。良くやった」

将輝《まさき》の笑顔は愛想笑《あいそわら》いではなかった。三高一年生の時、モノリス・コードで一高に苦杯をなめた記憶は将輝《まさき》にとって忘れたくても忘れられないものだ。

振り返ってみれば司波達也《しばたつや》の名が魔法関係者の間でクローズアップされるようになったのは、あの試合からだ。「一条将輝《いちじようまさき》は司波達也《しばたつや》の踏み台」と噂《うわさ》する口の悪い者たちも世の中にはいる。

将輝《まさき》自身にそんな思いは無いが、それでも「モノリス・コードで一高に勝利する」というのは彼にとって格別の意味を持っているようだった。

「恐縮です。予想より遥《はる》かに苦戦しましたが、御蔭様《おかげさま》で何とか勝てました」

「辛勝も楽勝も勝利は勝利だ。今日の試合も期待しているぞ」

将輝《まさき》は上機嫌で竜樹《たつき》の肩を叩《たた》いた。

「はい。優勝を目指して頑張ります」

竜樹《たつき》は殊勝な態度を崩さず、そう応えた。

◇◇◇

ミラージ・バットは空中に投影された立体映像の光球を専用のスティックで叩《たた》いて消す競技だ。十五分間の一ピリオドを五分間のインターバルを挟んで三度行い、消した光球の総個数を競う。

シンプルな決着方法に相応《ふさわ》しくルールも単純。他の選手に接触しない、他の選手の進路妨害をしない、ステージの外に出てはならないという三つの大きな禁止事項の他には、細かな制限として飛行魔法に関する規制があるだけだ。

これは二〇九五年の九校戦で飛行魔法を初披露した一高の司波深雪《しばみゆき》選手が単に圧勝しただけに止《とど》まらず、飛行魔法を真似《まね》た他の選手を一人残らず途中棄権に追い込んだ試合を踏まえて制定されたものだ。棄権した他校の選手は自業自得《じごうじとく》だったとはいえ、一人を除いて全員が魔法力枯渇《こかつ》に陥った事態を重く見たのである。

当該試合の際にはオリジナルの飛行魔法の起動式を他校もそのままコピーして使っていた為《ため》、スタミナ切れに際してセーフティが働き大事には至らなかった。しかし起動式のアレンジ次第でセーフティを取り除くこともできるし、その意思が無くてもセーフティが機能しないという事故も起こりうる。

そこで大会運営委員会は飛行魔法に、連続使用時間一分間の制限を設けた。一分間飛行魔法を使った後は、必ず一度着地することが義務づけられた。

このルールが導入された二〇九六年の大会では、不慣れからこのルールに違反する選手が続出した。元々制限が少ないことが特徴のような競技だ。選手もスタッフも戸惑いが大きかった。今では全ての選手がＣＡＤに一分間の終了条件を設定している。

ミラージ・バットの人気が高い最大の理由は、やはりその見た目の華やかさだろう。身体《からだ》のラインを露《あら》わにするユニタード（タイツ付きレオタード）にベストとミニスカートを組み合わせたような衣装で、美しい少女が――魔法師は一般的な美的感覚に照らして容姿が優れている者が多い――軽やかに空中を舞う。人々の、特に男性の人気を集めないはずはなかった。

ただその衣装は、選手によっては人前に出るのが恥ずかしく感じるデザインかもしれない。

実際に控え室では、第一試合の出番を控えた明《めい》が恥ずかしそうにしていた。

ミラージ・バットのステージは八本の柱に囲まれた円形の池の形をしている。池の中に点在する、高さが異なる六つの円柱が選手の為《ため》の足場だ。

そのステージに影が落ちた。影は速やかに広がりステージ全体を覆う。無人操縦の飛行船を使って上空に広げた巨大な空中天幕カーテンが落とす影だ。

立体映像をスティックで打つという競技形態上、ステージ上空は暗い方がミラージ・バットには向いている。新人戦、本線共に決勝が夜に行われるのはその為《ため》だ。

しかし予選は決勝に進出する選手に十分な休憩時間を確保する為《ため》、午前中に行われる。空が厚い雲に覆われていればミラージ・バットのコンディションとしてはまずまずだが、試合当日に都合良く曇るかどうかは分からない。今日のように晴天の日だって珍しくない。その為《ため》に導入されたのが、この空中天幕カーテンだった。

また、この空中カーテンは雨対策にもなる。雨天も、上を向いてプレーするミラージ・バットには向いていない。

ステージが十分暗くなったところで、選手入場が始まった。最初の足場は先に入場した選手から好きな位置を選べるので、入場順は籤引《くじび》きだ。

明《めい》の入場順は六人中四番目だった。

足場となる各円柱は少しずつ高さが違う。最も高い円柱と最も低い円柱の差は一メートル足らずだが、少しでもターゲットの光球に近付きたいのか高い円柱を好む選手が多い。実際、これまでに入場した選手は高い順に一番目から三番目の円柱を選んだ。

だが明《めい》は池の中央寄りの、最も低い足場を選んだ。これは彼女の自信の表れではなく、垂直距離よりも水平距離を重視したものだ。光球の出現位置はランダム。ならば池の中央から飛ぶのが水平距離の平均は最も短くなる。あくまでも平均だからほとんどの場合、一番短くはならないのだが、明《めい》は「最も有利」よりも「不利にならない」を選んだのだ。

選手の入場が終わった。時刻は八時五十九分四十秒。

始まりを待つ選手たち。

そして、午前九時ちょうど。試合開始を告げるブザーが鳴り、空中に四つの光球が出現する。

選手たちは一斉に跳び上がり、飛び立った。飛行魔法を使っている者が四人、使っていない者が二人。明《めい》は二人の内の一人だった。

光球を一つ、明《めい》のスティックが捉える。幸先《さいさき》良く一点だ。彼女の身体《からだ》はそのまま自然に減速しながら上昇した。得点すると同時に魔法を切ったのだ。

明《めい》が下降に転じたところで新たな光球が出現する。彼女は自分の身体《からだ》に加速を掛けその立体映像へ向かった。しかし、得点はできない。飛行魔法を使っている他校の選手の方が早かった。

明《めい》は同じように上昇と落下を繰り返しながら、点を取ったり得点を逃したりを繰り返す。

試合開始から一分が経《た》った。飛行魔法を使っていた選手が足場に降りる。

明《めい》は断続的に行使する加速魔法で自由落下と上昇を繰り返すことにより、飛行魔法を使わずに空中に留まっていた。使っているのは飛行魔法ではなく加速魔法。足場に戻ることを強制するルールには抵触しない。

彼女は頓知《とんち》のような作戦で上下移動の時間を省略し、他の選手の隙を突いて得点を重ねた。

第一ピリオドが終了した。暫定一位は明《めい》。二位との差はそれなりにあった。この調子で行けば、予選は一位で通過できそうだった。

「うーん……」

応援席では茉莉花《まりか》が唸《うな》っていた。

「何回見ても思うんだけど、良くあんな器用な真似《まね》ができるなぁ。あたしにはとても無理だよ」

明《めい》は跳び上がりすぎないように、落ちすぎないように魔法を繰り返し自分に掛けている。それを、光球を追い掛けながら実行しているのだ。

非常識なまでに素早い魔法の行使が必要な技術。魔法の発動が速いのではなく、魔法発動の判断が早い。魔法技能そのものよりも智力《ちりょく》に依存した魔法運用テクニックと言うべきか。

「うん、そうだね。私にも無理」

アリサが全面的な同意を示す。

「あたしにも当然無理」

二人の会話を聞いていた日和《ひより》も、そう言いながら深く頷《うなず》いた。

午前十時五分前、第三ピリオドが終了する。

明《めい》は順当に、予選を一位で突破した。

◇◇◇

応援席のアリサの隣には今、九校戦用の制服に着替えた明《めい》が座っている。テーラードジャケットにプリーツスカートのツーピース。通常の制服よりもスポーティなイメージだ。

明《めい》が着替えてきたのは無論、ミラージ・バットのコスチュームを一刻も早く脱ぎたかったからだ。その意味では第一試合で良かったのかもしれない。

もっとも、アリサも日和《ひより》もコスチュームのことなど気にしていなかった。

「明《めい》、休まなくて大丈夫なの？」

アリサの向こう側から日和《ひより》が訊《たず》ねる。それほど深刻な顔はしていないが、それでも心配していることがはっきりと分かる声音と表情だった。

ミラージ・バットの予選と決勝の間に最短でも六時間半の間隔が設けられているのは、この競技が体力と魔法力を著しく消耗するものだからだ。決勝に進む選手は自分の予選が終わった後、横になって休息を取るのが過去の例では一般的。消耗が激しい選手は音と光と振動を遮断するカプセルベッド――『感覚遮断カプセル』と呼ばれている――を使用した睡眠で肉体と精神を休めることも普通に行われてきた。見た目の華やかさとは裏腹に、それだけ過酷な競技なのだ。

「お昼ご飯を食べたら一眠りするわ。休む前に茉莉花《まりか》の試合と――」

ここで明《めい》が、三高の応援席へチラリと目を向けた。

「一条茜《いちじょうあかね》のプレーを見ておきたいからね」

明《めい》の気迫は試合中と大差の無いものだった。

「あっ、出てきた」

二人に挟まれたアリサの呟《つぶや》きに、明《めい》と日和《ひより》の意識もステージに向いた。茉莉花《まりか》の登場だ。彼女の入場順は二番目だった。

茉莉花《まりか》は二番目に高い円柱ではなく、一番端に立つ三番目に高い円柱を最初の足場に選んだ。

それを見て日和《ひより》が「えっ、何で？」と呟《つぶや》く。

アリサは端を選んだ理由が推理できた。だが確信は持てなかったので、日和《ひより》と一緒に視線で明《めい》に解説を求める。

明《めい》はアリサに「分かっているんでしょ」と目で抗議しながら、渋々口を開いた。

「……視界を限定したのよ」

「視界……？　ああ、そういうこと」

日和《ひより》は少し考えて明《めい》が言おうとしたことを理解した。

ミラージ・バットは（一）空中に投映された光球を見付け（二）光球に接近し（三）光球を手に持つスティックで打つという三つの要素から成り立っている。飛行魔法の優位性は（二）が足場から跳躍するより早くできるからだ。

一番端の足場に立てば背後に光球が出現する可能性は低い。前方に注意を集中できる。それによって（一）の光球の発見を素早くできるというのが茉莉花《まりか》のアイデアだった。

「でもそれって、他の選手にスピードで負けないことが前提条件になるんじゃない？」

ステージの端に立つ場合、反対側に出現した光球を狙おうとすると他の選手より長い距離を移動しなければならないし、他の選手に進路を塞がれる可能性も高くなる。メリットよりもデメリットの方が多いように日和《ひより》には感じられた。

「もちろん、そうだけど」

「でも茉莉花《まりか》、飛行魔法は使わないんだよね？」

「始まるよ」

アリサの注意で日和《ひより》と明《めい》の問答は中断された。

彼女たちだけでなく、観客席全体から話し声が途絶える。

その瞬間に合わせたように、試合開始のブザーが鳴った。


茉莉花《まりか》が——元『十神《とおがみ》』家が使う［リアクティブ・アーマー］は肉体に沿って防御シールドを形成する魔法だ。シールドの位置は皮膚の三センチから五センチ外側。ただしちょっとした荷物なら、練度が上がればシールドの内側に取り込める。

だが［リアクティブ・アーマー］は固体と液体を双方向で通さない。気体も透過するのは酸素、窒素、二酸化炭素のみで、しかも二酸化炭素はシールドの内側から外側に排出するだけだ。

だから［リアクティブ・アーマー］の使用中は、シールドの内側に武器を持っていても使えない。シールド越しに武器や道具を保持することは可能だが、三センチ以上ある分厚い手袋越しに持つようなもの。しかも手に持っている感触はない。重さが感じられるだけだ。これでは棍棒《こんぼう》を振り回すか盾を支えるのがせいぜいで、火器を操作することなど到底できない。

このような理由から旧第十研の技術者が想定した［リアクティブ・アーマー］展開中の戦闘

方法はシールドの対物非透過性能を利用した体当たり攻撃だった。

シールド内に固体を一切侵入させないということは、如何《いか》なる物質よりも堅牢《けんろう》性に勝るのと同義だ。その堅さを以《もっ》て、衝撃で物体を破壊する。この攻撃に十分な破壊力を持たせる為《ため》に、旧第十研は『十神《とおがみ》』に［リアクティブ・アーマー］を使用しながら高速で移動する能力も持たせようとした。

具体的には、個体装甲魔法と移動魔法の併用だ。シールドに身を包んだ状態で自分を高速移動させ標的に体当たりするのである。

実はこのアイデアは『十神《とおがみ》』が数字落ちした後、十文字家《じゅうもんじけ》の［キャノンボール］、すなわち［防御型ファランクス］を展開した状態で移動魔法によりシールドごと敵にぶつかっていく魔法に結実した。『遠上《とおかみ》』となった元『十神《とおがみ》』は、この攻撃魔法を完成させられなかった。

しかし旧第十研で『十神《とおがみ》』に与えられた移動魔法への適性が消えてしまったわけではない。「自分を高速直線移動させる魔法」の種は数字を剝奪された遠上家《とおかみけ》という土壌の中で、発芽に必要な水を注がれる時を待っていたのだった。

試合開始のブザーが鳴り、上空に光球が出現した。茉莉花《まりか》は光球までの距離と方向を見定め、自己加速魔法ならぬ自己移動魔法を発動した。

彼女は移動系魔法が得意ではなかった。通常、移動系魔法は自分以外の物体を動かす為《ため》に使うものだから気が付かなかったのだ。自分に対して使う移動系魔法は空中で移動距離をゼロにする、つまり落下を防いだり空中に静止したりする為《ため》のものだと彼女は思っていた。

ミラージ・バットの練習を始めて、茉莉花《まりか》は初めて知った。自分の身体《からだ》を移動させる魔法は、自分に向いていると。複雑な移動はまだ難しい。だが点と点をつなぐ直線の移動はすぐに会得《えとく》した。それは［疑似瞬間移動］の基礎となる魔法だった。

そのことに気付いたのは明《めい》だ。明《めい》は元四高の黒羽亜夜子《くろばあやこ》が［疑似瞬間移動］の劣化版とでも言うべき魔法を使ってミラージ・バットで圧勝したのを知っていた。

茉莉花《まりか》がその真似《まね》をする為《ため》には、解決すべき課題が少なくなかった。自己移動魔法でミラージ・バットを戦うにはまず、他の選手との衝突を避けるテクニックを身に付けなければならなかった。

今でもこの課題を完全に解決できたとは言えない。

だが行けるか行けないかの判断は、可能になっていた。

（行ける！）

茉莉花《まりか》は跳んだ。

彼女は誰よりも早く光球の前に出現し、勢い良くスティックを振り下ろした。

三高の応援席で「速い！」という驚きの声が上がった。

「速いね」

浩美《ひろみ》の驚嘆に茜《あかね》も頷《うなず》く。茜《あかね》の目は、足場に降りていく茉莉花《まりか》を追い掛けていた。

「彼女があんな魔法を持っていたとは思いませんでした。何故《なぜ》先日の茜《あかね》さんとの試合で、あの魔法を使わなかったのでしょう……」

レイラが訝《いぶか》しげに、呟《つぶや》くように疑問を呈する。劉麗蕾《リウ・リーレイ》として魔法戦闘の軍事教育を受けた彼女は、茉莉花《まりか》が使った自己移動魔法が本来は体当たり攻撃の為《ため》のものだと一目で見抜いた。

「手加減されていたとは思いたくないな……」

茜《あかね》もまた、呟《つぶや》くように応えた。

「あの試合の後に会得《えとく》したのかな？　本当に楽しませてくれる子だよ、彼女……」

茜《あかね》が嬉《うれ》しそうに笑う。その笑みはピューマやチーターを連想させる、美しくしなやかで、猛々《たけだけ》しいものだった。

一高生の驚きも、三高生に劣らぬものだった。

「……茉莉花《まりか》ってあんな魔法を使えたの？」

茉莉花《まりか》の練習風景を見る機会が無かった日和《ひより》が、現実感を欠いた声で隣席のアリサに訊《たず》ねる。

「九校戦の練習中に覚えたのよ」

答えはアリサの向こう側、明《めい》から返ってきた。

「たった一ヶ月足らずで⁉」

日和《ひより》の声量が増し、声のトーンが高くなる。

「元々適性があったんでしょうね。今まではああいう魔法を使う機会が無かったんじゃない？」

「だから選手に選ばれなくても『ミラージ・バットの練習も面白い』って言い切れたんだろうね。自分で気付いていなかった自分の可能性を発掘できたんだから」

明《めい》の後に茉莉花《まりか》のセリフを思い出しながら付け加えたアリサの声は、少し羨ましそうだった。

その後も茉莉花《まりか》は順調にスコアを伸ばした。

光球が出現する度に毎回得点できたわけではなかったが、跳んだ時には必ず点をゲットしていた。

そのペースは最後まで変わらず、疲れが見え始めた他の選手を徐々に引き離していった。

そして終わってみれば、文句のない点差で茉莉花《まりか》は決勝に進出した。

◇◇◇

第三試合開始前、茉莉花《まりか》はさっきと同じコスチュームの上にクーラージャンパーを着た格好で応援席に現れた。

「ミーナも一条《いちじょう》さんの試合が気になるの？」

アリサの問い掛けに「うん」と頷《うなず》き、茉莉花《まりか》は「あたしも、って？」と首を傾《かし》げた。

「あっ。明《めい》も、か」

だがすぐに自力で答えにたどり着く。

「ええ。最大のライバルは一条《いちじょう》さんだろうから。試合を見ておく必要があると思って」

「ふーん、偵察の為《ため》か」

「茉莉花《まりか》は違うの？」

茉莉花《まりか》の反応が鈍かったことに訝《いぶか》しさを覚えて明《めい》が問い返す。

「いや、そんなことないよ。一条《いちじょう》さん、多分強敵だよね」

取って付けたような返事。ますます不審に思った明《めい》は真意を問い詰めようとしたが、その時、試合開始のブザーが鳴った。

ポニーテールを靡《なび》かせて小柄な身体《からだ》が空を舞う。

茜《あかね》は飛行魔法を駆使して次々とポイントを重ねていった。

「オーソドックスな戦法と言って良いのかな？　飛行魔法を上手《うま》く使っているね」

アリサが漏らした感想に、明《めい》が首を横に振る。

「平凡な戦法とも言えないわ。一分ごとに着地する時間のロスを抑える為《ため》、足場に戻る時には移動魔法と慣性中和魔法を使っている」

「鷲《わし》とか鷹《たか》とかが空から獲物に襲い掛かるみたいな勢いだね」

明《めい》が指摘した茜《あかね》の急降下を、日和《ひより》はそんな風に喩《たと》えた。

「猛禽類《もうきん》──『ラプター』か。格好良いね」

茉莉花《まりか》が楽しげに笑う。

「女の子に『ラプター』はちょっとどうかなぁ……」

アリサが控えめに異議を唱えたが、賛同の声は無かった。

──余談だが、「ラプター」が茜《あかね》の異名として定着することはなかった。

「飛行魔法だけじゃないよ」

賛同が得られなかったからというわけでもないだろうが、アリサが別の視点から注意を促す。

「彼女、光球を見付けるのが凄《すご》く早い。緋色《ひいろ》さんも使っていた、知覚速度を上げる魔法を一《いち》条《じょう》さんも使っているんじゃないかな」

「それはあるかもしれない……。アリサ、よく気が付いたね」

明《めい》が感心の目をアリサに向ける。

「うん、アーシャはやっぱり凄《すご》いね」

茉莉花《まりか》は手放しでアリサを称賛した。

明《めい》や日和《ひより》だけでなく、それを耳にした周りの一高女子は大勢が「平常運転ね……」と心の中で思った。

茜《あかね》はその後も他の選手を寄せ付けない「早さ」と「速さ」を見せて、危なげなく決勝に勝ち進んだ。

◇　◇　◇

試合が終わった後、アリサは腰を浮かせながら「ランチ、何が食べたい？」と茉莉花《まりか》に訊《たず》ねた。「お腹《なか》に優しい物が良《い》い」と立ち上がりながら茉莉花《まりか》が答える。

出口に向かい歩き出した列の前から「そうね、お饂飩《うどん》なんかどう？」と明《めい》が振り返りながら口を挿《はさ》む。

「笊饂飩《ざるうどん》とか？　暑いし」と列の後ろから日和《ひより》が言った。

茉莉花《まりか》はすぐに「カレーが食べたい」と返す。

「カレーって、お腹《なか》に優しいかなぁ……？　本格派だったら消化に良さそうだけど」

そう思ったのは日和《ひより》だけではなかった。

「ホテルまで戻ればそういうのもあるかもしれないけど……。高いよ？」

アリサもこういう反応だった。

ああでもない、こうでもないと賑《にぎ》やかに会話しながら応援席を出た彼女たちに、背後から声が掛かった。

「茉莉花《まりか》ちゃん」

いや、茉莉花《まりか》が話し掛けられた。

「何、いちか？」

茉莉花《まりか》は驚かなかった。彼女が応援に来ているのは第一試合の段階で把握していた。

「えっと、予選突破おめでとう」

「ありがとう。どうしたの、まだ具合悪い？」

維慶《いちか》は病み上がりにしても精彩を欠いていた。

「ううん、身体《からだ》はもう大丈夫」

彼女が憔悴《しょうすい》しているのは家で父親と一悶着《ひともんちゃく》あったからなのだが——暴力を振るわれたりはしなかったがネチネチと責められた——、維慶《いちか》はそれを口にしなかった。

「だったら良《い》いけど……。無理しない方が良《い》いよ」

維慶《いちか》は小さく首を横に振りながら「気を遣わせてゴメンね」と謝った。

「決勝も応援するから頑張って。それだけ言いたかったの。じゃあね」

維慶《いちか》は手を振りながら茉莉花《まりか》たちから離れていく。

「ホントに、無理して欲しくないんだけど……」

その後ろ姿を見送りながら、茉莉花《まりか》はそう呟《つぶや》いた。


アリサたちは三日前にも利用した屋台のフードコートに腰を落ち着けた。第三試合の途中から急に雲が増えて今ではすっかり曇っていたが、蒸し暑さはむしろ増していた。

「一雨来そうだね……」

雲が厚くなった空を見上げてアリサが呟《つぶや》く。

「にわか雨なら良《い》いけど」

明《めい》がアリサの呟《つぶや》きに応える。

「いちか、大丈夫かな……」

だが茉莉花《まりか》は、試合に影響する天候よりも維慶《いちか》のことを気にしていた。

「何だかますます元気が無くなっていたみたいだったね」

茉莉花《まりか》の言葉に共感を呼び起こされたのか、日和《ひより》がそう言って眉を顰《ひそ》める。

「家庭の問題だろうから、慰めるにしても難しいと思うよ」

セリフの内容はクールだが表情を見れば、明《めい》も気に掛けていると分かった。

「家庭の問題って？」

茉莉花《まりか》が口の中のカレーライスを呑《の》み込んで訊《たず》ねる。結局彼女は昼食のメニューに、消化に良くない脂分たっぷりのカレーを選んでいた。

「いちかは百家《ひゃっけ》の数字付《ナンバーズ》きだから。今回の九校戦、家の中で随分期待を掛けられていたんじゃないかな」

そう言って明《めい》は饂飩《うどん》をすする。

「夏休みに入る前に話してくれた『国防予備隊』の件？」

茉莉花《まりか》の問いに明《めい》は饂飩《うどん》を口の中に入れた状態でコクンと頷《うなず》いた。一緒に口の中の物をコクンと呑《の》み込んだようにも見えたが、今のは茉莉花《まりか》の質問に対する肯定の動作だろうと思われる。

「そう言えば今日も、偉い人がいっぱい見に来ているみたいだね」

アリサは勇人《ゆうと》たちからこの場所で聞いた話を思い出していた。

「私でも知っている顔があったわ。本当に迷惑……」

明《めい》が顔を顰《しか》める。

「偉い人に見てもらいたい子たちも多いんじゃない？」

この日和《ひより》の言葉に、

「分かってる。でも迷惑」

明《めい》は顔を顰《しか》めたまま彼女には珍しい、少し子供っぽい口調で「迷惑」と繰り返した。

◇◇◇

「ミーナ、そろそろ時間だよ」

「う……ん。今、何時……？」

寝惚《ねほ》けた声で茉莉花《まりか》がアリサに問い返す。

「五時過ぎ」

「……じゃあ、起きなきゃね」

アリサの答えに、茉莉花《まりか》はベッドの上で身体《からだ》を起こした。場所はホテルの部屋。昼食の後、茉莉花《まりか》は部屋で休むことにした。アリサはそれに付き合っていたのだった。

ミラージ・バットの決勝は七時から。開始までまだ二時間近くあるが、この時間に起こして欲しいというのが茉莉花《まりか》のリクエストだった。

「天気は？」

「雨は上がっているよ。にわか雨だった」

「そう、良かった」

茉莉花《まりか》がそう言いながら始めたのはストレッチだ。

「手伝おうか？」

「ううん、大丈夫。それより危ないから、もうちょっと離れて」

言われたとおりアリサは部屋の隅に下がった。

ツインルームの部屋は空間の過半をベッドで占められている。いっそ「狭い」と言っても良いくらいだ。

その小さな空きスペースで茉莉花《まりか》は、下着姿になって手足を振り回し始めた。

空手や拳法の「型」とは違う。もたらす印象は「体操」、または「踊り」。

汗が滲《し》み、やがて滴《したた》る。飾り気の無いスポーツブラとショーツが汗で透け始めた頃になって、茉莉花《まりか》はようやく動きを止めた。

「──シャワー浴びてくる」

大きく息を吐いて茉莉花《まりか》は浴室に向かった。

時計の表示は、彼女が起きてから三十分以上進んでいた。

アリサたち二人が一高のテントに顔を出した時、時計は午後六時を示していた。

「もう来たの？」

「明《めい》の方が早いじゃない」

明《めい》から掛けられた言葉に茉莉花《まりか》が言い返す。

「もう早すぎるという時間じゃないと思うよ」

二人の間にアリサが仲裁に入った。

茉莉花《まりか》と明《めい》は口論をしていたわけではない。二人の間にそれ以上、不毛なセリフの応酬は無かった。

「今どうなってるの?」

不毛なセリフの代わりに茉莉花《まりか》は一高の現状を訊《たず》ねる。

「こんな感じ」

明《めい》は口で答える代わりに、手近のテーブルに載っていた電子ペーパー端末を取って茉莉花《まりか》に渡した。

「今日は全部勝ったんだね」

茉莉花《まりか》が口にしたのはモノリス・コードの戦績だ。

今日の一高は四戦全勝。ただし三高も取りこぼし無く五戦全勝。

その結果、新人戦モノリス・コードは二位に決まった。

「──ってことは、ワン・ツーフィニッシュで文句なし。一位と三位でも新人戦優勝か」

茉莉花《まりか》がミラージ・バットのポイントを計算して優勝に必要な順位を出す。

「二位と三位でも新人戦同点優勝よ」

明《めい》がすぐに付け加えたところを見ると、彼女もポイントの計算をしていたのだろう。

決勝に二人進んでいるのは一高だけだ。三高でも茜《あかね》一人だけ。二人が三位までに入るというのは、簡単ではないが可能性が低いという程でもない。

茉莉花《まりか》と明《めい》はどちらも予選を一位で通過している。予選の順位からそのまま予想すれば、二人とも三位以内に入れるはずだ。

「ダメだよ、そんな消極的な考え方じゃ。決勝ではみんな予選以上の力を振り絞ってくるに違いないんだから」

しかし茉莉花《まりか》は、油断を戒めた。

「二位以下で良《い》いなんて考えてたら四位にもなれないよ。そういうものなんだから！」

周りにいた同級生、上級生が何度も頷《うなず》く。

茉莉花《まりか》の力説には奇妙な説得力があった。――なお納得感を示した生徒は女子よりも男子に多かった。

「……そういうものなの？」

「そういうものよ！」

「そうね。そういうものかも」

明《めい》も中学生時代から部活はずっと運動部だ。こういう体育会系的な考え方《汗臭い思考パターン》には馴染《なじ》みがある。

「じゃあ狙いはワンツーフィニッシュじゃなくて一位。茉莉花《まりか》はライバルね」

明《めい》は眼鏡型のAR端末を付けていない。にも拘《かか》わらず、彼女の目元が「キラーン」と硬質な光を反射したように見えた。

「もちろん！　負けないよ！」

茉莉花《まりか》が力強く応える。

彼女が撒《ま》き散《ち》らす闘気というか、陽性の雰囲気に呑《の》まれたのか。一高テント内に「オオッ！」というどよめきとも歓声とも雄叫《おたけ》びとも区別が付かない声が上がった。

魔法師の卵とはいえ高校生は高校生。その場のノリには逆らえないようだった。

◇◇◇

選手同士の衝突を避ける為《ため》、夜間のミラージ・バットは昼間の試合より明るいコスチュームを身に纏《まと》う習慣がある。ルールではなく慣例だから従わなくても罰則はない。だが敢《あ》えて逆らう選手もいなかった。

「嫌だなぁ、この色」

だが、不満が全く出ないということもなかった。現に、愚痴を零《こぼ》している選手がここに一人。

茉莉花《まりか》である。

「脚が太く見えちゃう」

茉莉花《まりか》には脚が太い（と思い込んでいる）というコンプレックスがある。今、彼女が気にしているのも自分の太ももの辺りだった。

「茉莉花《まりか》さんがそう言うからピンクとかイエローは避けたんですけど」

小陽《こはる》が困惑の笑顔で言う。彼女にしてみれば「今更？」というところだろう。茉莉花《まりか》がこのコスチュームを着るのは、当然今日が初めてではない。

「ピーター・パンみたいで可愛《かわい》いよ、ミーナ」

アリサが満更お世辞でもなさそうな顔で茉莉花《まりか》を宥《なだ》めた。茉莉花《まりか》が着ているのは緑を基調とし下半身を濃いめ、上半身を薄めの色合いにしたコスチュームだ。客観的に見ても、太っているという印象は無い。

「ピーター・パンかぁ……。まあ、あたしはティンカー・ベルって柄じゃないしね」

そうじゃない、と否定するのではなく。

「ミーナには脇役よりもヒーローの方が似合うよ」

アリサはこう言って茉莉花《まりか》を煽《おだ》てた。

「そうかな」

茉莉花《まり》が照れ笑いを漏らす。

「そうだよ。頑張って、私のヒ、ヒ、ヒーロー」

「うん、行ってくる！」

茉莉花《まりか》は控え室を出て入場ゲートに向かった。

「アリサさん、茉莉花《まりか》さんのことが本当に良く分かってますね……」

小陽《こはる》の声は「呆《あき》れている」というより「慄《おのの》いている」という印象だった。

◇◇◇

午後七時。試合開始のブザーが鳴った。

真っ先に夜空へ駆け上がったのは、白を基調にしたユニタード擬《もど》きの上にオレンジ色のベストを着て同色のミニスカートを翻すポニーテールの少女、一条茜《いちじょうあかね》。

その横をライムグリーンの疾風が駆け上がっていく。

茜《あかね》と茉莉花《まりか》は同時に、最初の一点を取った。

そのまま空中を翔《かけ》る茜《あかね》。

足場から空を見上げ、虎視眈々《こしたんたん》と獲物を狙う茉莉花《まりか》。

次の光球が投映される。茜《あかね》が浮かんでいるちょうど反対側だ。彼女は鋭くターンし、ターゲットへ向かった。

しかし光球は、地上から襲いかかった「緑色の獣」に喰われてしまう。

もちろん錯覚で、その正体は茉莉花《まりか》だ。

ミラージ・バットは「フェアリーダンス」と呼ばれることもある。空中を舞う少女たちの可《か》憐《れん》な姿が「妖精の舞」を連想させるからだ。

しかし茉莉花《まりか》の跳躍は優雅さや可憐《かれん》さよりも猛々《たけだけ》しさを感じさせるものだった。獣に喩《たと》えるとしても虎やライオンの動きではなく、樹上と地上を駆ける豹《ひょう》やジャガーの姿。茜《あかね》は試合中にも拘《かか》わらず、空中で目を奪われてしまった。予選で見た時もシャープな動きだと感じた。だがここまで目を釘付《くぎづ》けにするものではなかった。

一言で表すならば「鮮烈」。

獲物の許《もと》へ真《ま》っ直《す》ぐに駆け、一撃で仕留め、戻っていく。拾い物の収獲を求めて未練がましくウロウロしない。

一撃必殺の潔《いさぎよ》さ、とでも言えば良いのだろうか。

マジック・アーツのマットで相対した彼女の戦い方は違った。良く言えば粘り強い。悪く言えば諦めが悪い。どんな状態からでも、貪欲に勝利を求めていく――。

（――いや、同じだ）

一瞬とも言えるわずかな時間で、茜《あかね》は自分の考え違いを覚《さと》った。

遠上茉莉花《とおかみまりか》の在り方は元々一直線だ。ただひたすら、勝利を目指す。それがこの競技では、プレースタイルに分かり易く表れているだけだ。

茜《あかね》は空中に残っている光球へ舵《かじ》を切った。

真《ま》っ直《す》ぐに、勝利を目指す。

脇目も振らず、一番欲しいものへ手を伸ばす。

それは茜《あかね》自身の在り方と、変わらないはずだった。

茜《あかね》もまた他の選手を制して、二点目をゲットした。


第一ピリオド、十分経過。試合は早くも茉莉花《まりか》と茜《あかね》の一騎打ちの様相を呈していた。

華麗に空中を舞い、制限時間一分間で纏《まと》めて点を取る茜《あかね》。

絶え間なく跳び上がり、その度に点を取る茉莉花《まりか》。

もっとも、この二人が得点を独占するという展開にはなっていなかった。

二人が意識し合うことで、逆に他の選手も得点する余地が生まれているのかもしれない。

茜《あかね》と茉莉花《まりか》が得点を重ねる合間に、他の選手も少しずつ点を取っていく。そんな展開がピリオドの最後まで続いた。


「茉莉花《まりか》さん、体調は大丈夫ですか？　頭痛がしたりとかはありませんか？」

技術スタッフの小陽《こはる》が茉莉花《まりか》の体調をチェックする。だが本気で心配している風ではない。

ステージから戻ってきた茉莉花《まりか》は、一目見ただけで身体《からだ》中から元気《いい》を溢《あふ》れさせていた。

「順調だし絶好調だよ！　日付が変わるまで跳べると思う」

「試合時間はあと三十分ですよ」

茉莉花《まりか》の応えに、思わず笑いが漏れてしまう。

「ミーナ、自分じゃ分からないだろうけど、それはハイになっているだけだからね。そういう時こそ、自分としっかり向き合わないとダメなのよ」

アリサは小陽《こはる》と違って、本気で心配している声だった。

「うーん、『好事魔多し』？」

「いや、違うから。余所《よそ》から邪魔が入ると言っているんじゃなくて、油断していると自滅するよって話」

明《めい》が横で「ぷっ」と噴き出す。

「明《めい》さん。笑ってないで、ご自分はどうなんですか？　まだ飛べそうですか」

明《めい》にそう訊《たず》ねる小陽《こはる》は、今度は少し呆《あき》れ顔《がお》だった。

「緊張感が無いわね……」と呟《つぶや》いたのは誰だったのか。

その言葉を小耳に挟んだ小陽《こはる》は、心の中で大きく頷《うなず》いていた。


第三高校の控え室は、一高の控え室よりシリアスな雰囲気だった。

「まだ第一ピリオドとはいえ、リードされるとはね……」

表情は冷静だが、声には口惜《くや》しさが滲《にじ》み出《で》ている。

「点差はほとんどありません。焦《あせ》る必要はありませんよ、茜《あかね》さん」

励ます浩美《ひろみ》の声も、楽観的なものではなかった。

確かに浩美《ひろみ》が言うとおり、点差はたったの三点だ。一位の最終スコアが百二十点～百五十点になるミラージ・バットの性質を考えると誤差でしかないとは言える。

「もちろんこのままで終わるつもりはないよ。次のピリオドで逆転する」

自分に言い聞かせるように、茜《あかね》が言い切る。

「茜《あかね》、遠上《とおかみ》さんのプレーを見て気付いたんですが……」

そこにレイラが口を挿《はさ》んだ。

「うん、何？」

「茜《あかね》も気付いていると思いますが、彼女はターゲットまで常に真《ま》っ直《す》ぐ飛んでいます」

「そうだね」

「他の選手がその直線上に入りそうになると、跳躍を中断して次の光球を探しています」

「そうなの？」

茜《あかね》が瞬《また》きを繰り返した後、改めてレイラの目をのぞき込んだ。茜《あかね》の目には意外感が湛《たた》えられていた。

「彼女の跳躍はかなりの威力です。衝突したら、相手に大きなダメージを与えるでしょう」

「……それを恐れていると？」

茜《あかね》の問い掛けにレイラは「ええ」と頷《うなず》いた。

「接触はルール上の禁止事項であり、それを避けようと心掛けるのは当然です。しかし彼女は接触、いえ、衝突を過度に警戒している気がします」

そしてこう付け加えた。

「単なる用心かもしれないし、練習中に事故を起こしたのかもしれない……」

茜《あかね》が考えを声に出して整理する。

「確実に言えるのは、他の選手が進路を横切るかもしれないと判断したら、遠上《とおかみ》さんは得点を諦めるってことか……」

「はい。だから」

「うん、そうだね」

レイラが最後まで告げる前に、茜《あかね》は理解の証《しるし》に頷《うなず》きを返した。

「やってみよう。あたしの得点ペースも落ちる結果になるけど……、彼女の方がダメージは大きいはずだ」

「ええ。遠上《とおかみ》さんは今、とてもノっている状態です。そのリズムを乱すだけでも価値はあると思います」

茜《あかね》がもう一度頷《うなず》き、レイラも頷《うなず》きを返した。

第二ピリオドが始まった。第一ピリオドに引き続き、茜《あかね》が空を舞い茉莉花《まりか》が空に翔《か》け上がる。

しかし茜《あかね》は空中に止まって次の投映を待つのではなく、長距離走程度の速度でステージ上空を飛び回り始めた。

次の光球が投映される。だが茉莉花《まりか》は跳躍の姿勢を見せただけで足場の円柱から動かなかった。茉莉花《まりか》が見詰める先には、他校の選手を躱《かわ》して光球の許《もと》へ向かう茜《あかね》の姿。そして彼女の軌跡のすぐ横に、光球への直線経路があった。

応援席でアリサが口に手を当てた。

「嘘《うそ》、そんな狡《ずる》い真似《まね》を？」

その手の下から、そんな言葉が漏れる。

「どういうこと？」

日和《ひより》が訝《いぶか》しげに訊《たず》ねるが、アリサからの答えは無かった。

ただアリサは大きく見開いた目で、茉莉花《まりか》ではなく茜《あかね》を見詰めていた。


(――今度は行ける)

茉莉花《まりか》が光球へ向かって跳んだ。第二ピリオドでも彼女は得点を重ねているが、前のピリオドに比べるとペースが落ちている。

それは光球までの進路上に他の選手が割り込みそうになる、、、、ことが増えたからだ。ここまで三回に一回は跳躍を断念している。

茉莉花《まりか》は足場の円柱の上で「おかしい」という疑念に捕まることが、時間経過と共に増えていた。

他の選手と飛行・跳躍の軌道が交錯するのは別におかしなことではない。その可能性が無視できないからルールに「妨害・接触の禁止」が定められているのだ。偶々《たまたま》茉莉花《まりか》が跳ぼうとした進路に他の選手が割り込むことが増えて、彼女の得点のペースが落ちるのも特に不思議なことではない。

だがそれに合わせて茜《あかね》の得点ペースまで落ちるのは不自然だった。茜《あかね》は飛行魔法をメインに戦っている。跳躍メインより、進路交錯の可能性は低いはずであるにも拘《かか》わらず。

（……まさか一条《いちじょう》さんが意図的にあたしの進路を邪魔してる？）

本音では考えたくない可能性だ。これはマーシャル・マジック・アーツに使われる駆け引きとは性質が違う、ルールの悪用とでも言うべき小細工である。そんな姑息《こそく》な真似《まね》を茜《ライバル》がしているなどと、茉莉花《まりか》は信じたくなかった。

その迷いが茉莉花《まりか》のプレーを鈍らせる。

その結果、第二ピリオド終了時にはリードを逆転されていた。点差も三点リードだったものが、九点のビハインドになっている。

ただ茜《あかね》の得点ペースも落ちていた為《ため》、他の選手の得点が上がっていた。三位の明《めい》、四位の二高選手と一位茜《あかね》、二位茉莉花《まりか》の点差は最終ピリオドで逆転可能な幅にまで狭まっていた。

◇◇◇

「茉莉花《まりか》さん、まだ大丈夫ですよ！」

第一ピリオド終了時とは打って変わった一所懸命な、少し「必死な」とも聞こえる声で、小《こ》陽《はる》は茉莉花《まりか》を励ました。

「小陽《こはる》、私がミーナと話しても良い？」

そこへアリサが横から話し掛ける。

小陽《こはる》は「はっ？　はい、どうぞ」と慌てた口調で答えて、明《めい》の許《もと》へ行った。

「アーシャ……」

「ミーナ。一条《いちじょう》さんのあれは、作戦よ」

困惑した表情の茉莉花《まりか》に向かって、アリサは強い口調で断言した。

「作戦ってことは、やっぱり偶然じゃない？　あれは故意？」

「偶然じゃないわ」

アリサは頷《うなず》きながら、キッパリと答える。

「でもね、ミーナ。あれは作戦なの。狡《ずる》く見えても、勝つ為《ため》の努力なの。そこを間違えちゃダメ」

試合中の茉莉花《まりか》の迷いが、アリサには見ているだけで手に取るように分かった。

だからアリサは、言わなければならないと思った。茉莉花《まりか》に思い出させてあげなければならないと思ったのだ。

「ミーナは何時《いつ》も私に教えてくれているよね。勝つことは、悪いことじゃないって。勝つ為《ため》の努力は、しても良いんだって」

アリサの言葉を聞く内に、茉莉花《まりか》の眼差《まなざ》しが定まっていく。揺らがなくなっていく。

「あれは一条《いちじょう》さんがミーナに勝つ為《ため》の作戦。勝利を摑《つか》む為《ため》の、最大限の努力だよ」

「そっか……。そうだね。アーシャの言うとおりだよ。あたし、バカだった。当たり前のことをウジウジ悩んじゃって」

茉莉花《まりか》の顔から迷いが拭い去られたのを見て、アリサは晴れ晴れと笑った。

「じゃあ、ミーナも努力しようか」

「……何か思い付いたの？」

「難しいことじゃないよ。作戦とも言えないような、単純なこと」

そう言った後、アリサは「あのね……」と茉莉花《まりか》に囁《ささや》いた。

「……どうかな？　できそう？」

「うん、できそう」

アリサと茉莉花《まりか》が笑い合う。この時の二人の笑顔は、美少女には少し似つかわしくないものだった。

第三ピリオド開始直前、円柱の上で待機する茉莉花《まりか》のたたずまいに茜《あかね》は違和感を覚えた。気の所為《せい》か、彼女が楽しそうに見えたのだ。

勝負を楽しんでいる表情とも少し種類が違っている。まるで悪戯《いたずら》を企《たくら》んでいて笑い出すのを堪《こら》えている子供のような感じを受けた。

（余計なことは考えない！）

（集中よ、集中！）

茜《あかね》は自分にそう言い聞かせて、違和感を脳裏から追い払った。

第三ピリオドが始まった。

出だしは第一、第二と同じ。茜《あかね》が真っ先に飛び上がり、茉莉花《まりか》が真っ先に跳び上がる。

茉莉花《まりか》の着地位置を確認して、茜《あかね》は前のピリオドで成果があった作戦を行おうとした。

――茉莉花《まりか》が立っている足場から跳躍する際、最も邪魔になりそうな場所を横切る。

それがレイラに示唆されて茜《あかね》が立てた作戦だった。

リードを奪っているので後は全力で点を取りに行けば良いようにも思う。だがもう少し差が付くまでこの戦い方を続けようというのが、さっきのインターバルで仲間と話し合って出した結論だった。

しかし。

次の光球が投影されそれを取りに行こうとした茜《あかね》は、突如巻き起こった突風に体勢を崩しそうになった。

（な、何？）

茜《あかね》はすぐに姿勢を立て直した。そして、何が起こったのかを知った。

茜《あかね》が狙っていたのとは別の光球を茉莉花《まりか》が叩《たた》き消してポイントをゲットしている。

彼女が浮いている位置は、直前まで彼女が立っていた足場と茜《あかね》のすぐ横を結ぶ線の延長上にある。

つまり茉莉花《まりか》は衝突のファールを犯すリスクを取って、点を奪いに行ったのだ。

ファールを告げるホイッスルは鳴らなかった。衝突の反則も妨害の反則も取られなかったということだ。

茜《あかね》が意外感に打たれもたもたしている間に、光球は全て消されていた。

「これがアリサの考えた作戦？」

第二ピリオドの不調を取り返す勢いで得点していく茉莉花《まりか》の姿に、応援席の日和《ひより》は驚きと興奮を覚えながら隣のアリサに訊《たず》ねた。

「私が一から考えたんじゃないよ。去年の九校戦を参考にしただけ」

アリサはステージに視線を固定したまま、控えめだが楽しげに笑った。

去年の九校戦のミラージ・バットで、当時四高の黒羽《くろば》亜夜子《あやこ》は高速移動の魔法で疾風を巻き起こしながら光球を狩りまくり圧勝を収めた。その際、横を通過する彼女に煽《あお》られて他校の選手は体勢を崩しその実力を十分に発揮できなかった。

しかしそのプレーは反則を取られなかった。亜夜子《あやこ》が実力を発揮させなかった、、、、、、、、、、自分が出場する競技ではなく——自分に関係がありそうな競技——の記録を調べていたアリサは、九校戦前、この事実を覚えていた。だからアリサは、茉莉花《まりか》が高速移動の魔法を会得《えとく》した後の練習で見せていた安全マージンの判断基準が過大すぎるのではないかと、以前から思っていたのである。

それを練習中にも試合前にも口にしなかったのは、安全マージンを大きく取るのは良《い》いことだとアリサが考えていたからだ。

臆病なアリサにとって、危険はできる限り減らすべきもの。衝突で傷つくのは、相手選手だけではない。［リアクティブ・アーマー］を使っていない状態でぶつかったら、茉莉花《まりか》だって怪我《けが》をするのだ。

だが安全マージンを大きく取ったままでは、三高の作戦に翻弄されて終わりだ。ここはリスクを取るべきシチュエーションだとアリサは考え直したのだった。

さっき茉莉花《まりか》にはああ言ったが、アリサは勝ちに拘《こだわ》るスタンスが、やはり好きにはなれない。

だがそれ以上に、茉莉花《まりか》に勝たせてやりたかった。

勝利を望んでいる茉莉花《まりか》の、望みを叶《かな》えてやりたい。

その想《おも》いが「戦い」に対する抵抗感を上回ったのだった。

「他の選手に衝突したら最悪退場だから、ぶつかるかぶつからないかの見極めが必要なんだけど……。ミーナならそこはマジック・アーツで慣れていると思ったの」

ミラージ・バットの罰則は軽いものでペナルティボックス、重いもので退場。ペナルティボックスに閉じ込められる時間は反則の程度により三十秒から三分間まで三十秒間刻みの六段階がある。

すれ違う際、相手のコスチュームにかすっただけでも三十秒間のペナルティボックスが命じられる。しかしこの反則はルールに定められてはいるが、九校戦では一度も適用されたことがない。

それに反則と言うなら、相手の進路を故意に塞ぐ行為も三十秒間のペナルティボックス入りだ。しかし茜《あかね》のプレーにはこれが適用されなかった。アリサは魔法競技に詳しくない。むしろ疎《うと》いのだが第二ピリオドを見て、少し擦《こす》る程度なら反則は取られないと見極めを付けていた。

「……まだ何かありそうだね」

アリサの楽しげな笑顔は、今起こっていることだけに対するものではない。

日和《ひより》はそう感じた。

日和《ひより》の問い掛けに、アリサは「フフッ」と控えめな笑みを返すだけだった。

茜《あかね》がもたついていたのは、時間にして十秒に満たなかった。彼女は仕切り直す為《ため》に、いったん足場に降りた。

(――高く飛べば彼女の影響は受けない)

茜《あかね》は一瞬で計算して空に戻った。

ミラージ・バットの光球が投映される高さは、基準が水面から十メートル。実際にはそれに上下一メートルの幅が持たせられている。

だがプレーする選手は九メートル~十一メートルの高さにひしめき合っているわけではない。その下から手を伸ばして光球を打つこともあれば、逆に上から逆立ちした体勢で得点することだってある。

さっきのシチュエーションで茜《あかね》は、茉莉花《まりか》の跳躍経路を自然に塞ぐ為《ため》に低く飛んでいた。多少余分に上下動しても、他の選手に競《せ》り負けないという自信があるからできることだ。

しかし低く飛んでいたから、光球の高さまで跳び上がった茉莉花《まりか》とすれ違うことになり、その影響を受けた。

(もうあの作戦は止めだ)

飛行高度を上げれば茉莉花《まりか》の邪魔はできない。だが茜《あかね》は拘《こだわ》ることなく、早々に作戦変更を決断した。

第三ピリオドは第二ピリオドとは打って変わった、ハイペースな試合になった。第一ピリオドと同じ、茜《あかね》と茉莉花《まりか》で点を取り合う展開になっていた。

ただこれで新人戦の結果が決まるとあって、他の選手も黙ってはいなかった。他の選手が先行しても諦めずに光球へ突撃する。選手同士の距離が第一、第二ピリオドに比べてかなり近くなっている。試合は乱戦模様を呈してきた。

選手同士の間合が縮まって不利になるのは、茜《あかね》より茉莉花《まりか》の方だ。

自由に運動軌道を変えられる飛行魔法を使っている茜《あかね》に対して、茉莉花《まりか》が使っているのは高速直線の移動魔法。これだけ選手が密集すると跳べる経路が限られてしまう。

他の選手の上を飛ぶ茜《あかね》は、他の選手が邪魔にならない。

状況は茉莉花《まりか》にとって不利なものになった。


「……まずいね」

日和《ひより》が応援席でポツリと呟《つぶや》く。茉莉花《まりか》に不利、茜《あかね》に有利な状況になっていると観衆の目にも明らかになりつつあった。

「そうだね」

同意するアリサ。だがその声音は、悲観的ではなかった。

「何か策があるの？」

日和《ひより》が先程と同じ問い掛けを口にする。

「上手《うま》く行くと良《い》いんだけど」

今度も明確な答えは得られなかった。だが作戦があるということだけは、アリサに認めさせられた。

その直後、茉莉花《まりか》が跳躍する。

「あっ！」

それを見た日和《ひより》が焦《あせ》った声を上げた。

茉莉花《まりか》が跳躍した先に光球は無い。彼女が飛んだ先は「外」だ。

投影装置を載せた八本の鉄塔をつなぐ円の外に出たら失格になってしまう。日和《ひより》が声を上げたのは、その懸念《けねん》に囚《とら》われたからだ。

「えっ？」

しかし次の瞬間、異なる種類の驚きが日和《ひより》の喉から漏れる。

茉莉花《まりか》は鉄塔を蹴って、直線的に方向転換し光球を叩《たた》き消していた。

三高応援席で「そんなのあり⁉」という悲鳴じみた声が上がった。

レイラが浩美《ひろみ》に「どうなんですか？」と訊《たず》ねる。

「少し待ってください」

浩美《ひろみ》は急いで、携帯端末にミラージ・バットのルールブックを呼び出した。

画面を食い入るように見詰めながらルールブックのページをめくる。

「……ありません」

浩美《ひろみ》は端末のディスプレイから目を上げて、呆然《ぼうぜん》と呟《つぶや》いた。

「無い？　何がです？」

「禁止事項に載っていないのです！」

レイラの不得要領な顔を見て、浩美《ひろみ》は自分の回答がまだ不足していることに気付いた。

自分がどれほど動転しているのかということも。

「鉄塔を足場にしてはならないという規定はもちろん、鉄塔に触れてはならないという規則も定められていません。鉄塔に関してルールに定められているのは『鉄塔をつなぐ円の外に身体《からだ》が完全に出た選手は失格とする』ということだけです」

「完全に、ですか。一部でも内側に残っていれば失格にはならないということですね」

「そうです。今の場合は鉄塔に足の裏が触れているだけですから、当然失格にはなりません」

浩美《ひろみ》とレイラの話を聞いていた三高生は「嘘《うそ》でしょ、そんな」と騒ぎ始めた。

「アリサって意外に性格悪かったんだね……」

端末でルールを確認し終えた日和《ひより》が所謂《いわゆる》ジト目をアリサに向けた。

「人聞きが悪いよ」

抗議しながらアリサは笑っている。多少は自覚があるのだろうか。

ステージの上では茉莉花《まりか》が鉄塔を足場にして立体的に飛び回っている。もう一分間以上、池に点在する円柱には戻っていない。

「飛行魔法じゃないから『一分ルール』にも抵触しない。良く考えてるよ。これで性格が悪くないというのは無理がある」

「鉄塔を足場にするのが有利というわけじゃないのよ。鉄塔の間を往復する方が光球と足場を往復するより距離があるし。ただミーナの戦い方だと、どうしても下から上を見上げなきゃならないから選手が密集すると的が見えなくなるでしょう？」

「鉄塔の間を跳べば他の選手の上から光球を確認できるというわけ？」

「それにずっと魔法を使っているより楽なはずだしね」

茉莉花《まりか》が鉄塔から跳ぶ際に使っているのは高速移動魔法ではない。慣性制御魔法と加速魔法だ。足場に着地する時に慣性を消し、足場を蹴る段階で自分の身体《からだ》に加速魔法を作用させる。鉄塔と鉄塔の間は慣性飛行、つまり自由落下状態だ。軌道が放物線ではなく直線に見えるのは速度が高いからにすぎない。

「でもそれで良く得点できるね」

「点を取りに行く時は元の移動魔法を使っているから。鉄塔間の移動は、あくまでも光球の投映位置を見付ける為《ため》だよ」

移動魔法を使う際に、足を地に着けていなければならないという制限は無い。空中から空中の移動も可能だ。例えば［疑似瞬間移動］は空中から空中への移動を繰り返すことで障碍物《しょうがいぶつ》を避けている。

「茉莉花《まりか》、目が回らないのかな」

「『三角飛び』とかいう技の練習で慣れているんだって」

「『三角飛び』？　何それ」

「知らないけど、ミーナが時々壁から壁に跳び回っているのがそうじゃないかな」

三角飛びを知っている人間が聞いたら一斉に「違う！」というツッコミが入りそうなセリフをアリサは口にした。

「じゃあ、距離は随分違うけど普段からああいうことをしているんだ」

何も知らない日和《ひより》は、納得して頷《うなず》いた。

試合時間が終わりに近付く。

茉莉花《まりか》は円柱の上に降りて、肩で息をしていた。

茜《あかね》はやはり円柱の上で、頭痛でも堪《こら》えているように顔を顰《しか》めていた。

優勝争いは完全に、この二人に絞られていた。二人と三位以下の点数は、この時間から挽回《ばんかい》するのが不可能なところまで差が開いていた。

茉莉花《まりか》と茜《あかね》の点差は既に無い。わずかな時間差で一点リードと同点を交互に繰り返していた。

余裕が無くなっているのは応援席も同じだ。

アリサはさっきまでのように日和《ひより》とお喋《しゃべ》りをすることもなく、祈るように両手を組んで茉莉《まり》花《か》を見詰めている。

三高応援席のレイラと浩美《ひろみ》も、アリサと似たような状態だった。

茜《あかね》と茉莉花《まりか》が同時に飛（跳）ぶ。

茜《あかね》は無駄の無い曲線で密集する他校の選手の間をすり抜け、茉莉花《まりか》は鉄塔を利用して密集する選手たちを外側から躱《かわ》す。

二人は同じ光球を狙っていた。

茜《あかね》の方が近い。

茉莉花《まりか》の方が速い。

時計の残り秒数は一桁になっている。

点差は無し。同点だ。

今から狙いを変える時間は無い。ここで得点した方が優勝する。

だがその光球を狙っていたのは、茜《あかね》と茉莉花《まりか》だけではなかった。

得点が並んでいるのはこの二人だけではなかった。

ミラージ・バットは四位まで順位点が得られる。そしてこの時点で、四位には二高と五高の選手の二人が並んでいた。

五高はここまで、新人戦のポイントゼロ。何とかして順位点無しは避けたいところだ。

一方の二高の新人戦順位は現時点で四位。ミラージ・バットで四位になっても、新人戦三位の九高は抜けない。

だからといって二高の選手に、四位を譲っても良いなどという気持ちは無い。

九校戦史上、かつて無い激戦。

この様な演出は、偶然だけが可能とするものに違いなかった。

二高選手が下からスティックを伸ばす。

そこは茉莉花《まりか》の進路上だった。

茉莉花《まりか》は魔法によって高速で移動中。移動魔法はその効果が続いている限り、運動状態を変えることはできない。

目の前に突き出されたスティックを認識するだけでも並みの魔法師では不可能なスピード。にも拘《かか》わらず茉莉花《まりか》は身体《からだ》を捻《ひね》ってそのスティックを躱《かわ》した。

しかし姿勢を無理矢理変えたことで、茉莉花《まりか》はターゲットにスティックを振り下ろす体勢になっていなかった。

それでも茉莉花《まりか》は、スティックをバックハンドで振り抜いた。

そこには既に、光球は無い。

茜《あかね》のスティックが一秒未満の差で光球を打ち、消していた。

そのすぐ後、ファールのホイッスルと試合終了のブザーが同時に鳴った。

二高のプレーは茉莉花《まりか》に対する妨害と判定され、ペナルティボックス入りのルールが初めて適用されることになった。――もっとも試合は終わっているので、実質的なペナルティにはならない。

試合は一点差で茜《あかね》が一位、茉莉花《まりか》が二位。そして明《めい》が三位となった。

◇　◇　◇

「あはは、負けちゃった」

ステージから戻ってきた茉莉花《まりか》は、あっけらかんとしていた。

「最後の妨害が無ければ茉莉花《まりか》さんが勝っていたのに……」

小陽《こはる》が不満げに呻《うめ》いている。

「そうだ」「そうよ」という賛同の声が上がった。

「いや、あれが無くても一条《いちじょう》さんの方が早かったよ。最短距離をすり抜けられる飛行魔法には結局勝てなかった。行けると思ったんだけどなぁ」

小陽《こはる》の不満を否定したのは、大きく肩を上下させている笑顔の茉莉花《まりか》だった。

「ミーナ、お疲れ様」

そんな茉莉花《まりか》に、アリサがタオルを差し出す。

「あっ、ありがと」

茉莉花《まりか》は遠慮せずにタオルを受け取り、汗を拭《ぬぐ》う。

汗を拭《ふ》き終えた茉莉花《まりか》に、今度はドリンクが差し出される。これも、アリサだ。

「もっと口惜《くや》しがるかと思っていたけど……。少し意外ね」

その光景を見ながら、自分でタオルを取ってきた明《めい》が汗を拭きながら呟《つぶや》いた。

小陽《こはる》がその横で「ああっ、すみません！」とアワアワしていた。

◇◇◇

「茜《あかね》、おめでとうございます。お疲れ様でした」

控え室に戻ってきた茜《あかね》に、レイラが祝辞と慰労の言葉を述べる。

「うん」

茜《あかね》は短くその一言だけを返して、音を立ててベンチに座った。「勢い良く座った」というより「力なく腰を落とした」ように見える座り方だった。

「……茜《あかね》。納得がいかないのですか？」

レイラの問い掛けに、茜《あかね》は「ううん」と言いながらゆっくりと頭を振った。

俯《うつむ》いた彼女の額から、床に汗が滴《したた》り落《お》ちる。

浩美《ひろみ》が遠慮がちに差し出した大判のタオルを「ありがと」と言いながら受け取り、茜《あかね》はそれを頭から被《かぶ》った。

「……勝負は時の運、運も実力のうち」

茜《あかね》が顔を上げてタオルの隙間からレイラの顔を見る。

「分かってるよ、レイちゃん。でも欲を言うなら……、もっとすっきり勝ちたかったなぁ」

「二高の妨害が無くても、茜《あかね》の方が早かったですよ」

レイラの言葉に散発的な賛同の声が上がる。

「そうかもしれない。ううん、レイちゃんがそう言うんだったら、きっとそのとおりなんだろうね」

そう言いながら、茜《あかね》の表情は晴れない。

「……ごめん、わがままだね。勝ちは勝ち。これで新人戦のポイントも並んだんだっけ？」

「はい。新人戦は一高と同点一位です。現時点で総合順位は一位をキープしています」

茜《あかね》の質問に浩美《ひろみ》が答える。

「だったらあたしたちは自分の務めを果たせたってことだ。良かったよ」

今度は一斉に賛同の声が上がった。活躍を称賛する輪の中で茜《あかね》も笑みを浮かべる。

だがその笑顔は、何処《どこ》か虚《うつ》ろだった。

◇◇◇

一高の夕食に割り当てられたレストランには、詩奈《しいな》の指揮で簡単な祝勝会がセッティングされていた。

「同点優勝、おめでとう！」

詩奈《しいな》の音頭《おんど》で拍手が起こる。一年生たちは恥ずかしそうというより決まり悪げにしていた。優勝とはいえ三高と同点一位だ。総合順位点の差は詰められなかった。それにも拘《かか》わらずお祝いしてもらうことに、居心地の悪さを感じている者が多かった。

簡易祝勝会はビュッフェ形式。

ただし特別に注文したわけではなく、今晩はどの学校もこの形式の夕食だ。ホテル側も九校戦に慣れていて、新人戦の最終日はどこが優勝しても良いようにこうなっているのである。なお本戦の最終日はパーティーだ。

「茉莉花《まりか》ちゃん」

試合の疲れを感じさせず料理の列に並んでいた茉莉花《まりか》は、名前を呼ばれて振り向いた。

茉莉花《まりか》に声を掛けたのは、祝勝会に特別参加した維慶《いちか》だ。茉莉花《まりか》は列を離れて彼女と正面から向き合った。

「茉莉花《まりか》ちゃん、おめでとう。それに……、ありがとう」

「あたし、二位だよ。おめでとうと言われる程じゃないし、ありがとうにも相応《ふさわ》しくないよ」

この時も茉莉花《まりか》はあっけらかんとしていた。

ただ、茉莉花《まりか》に非難がましい視線が向けられることはなかった。彼女の奮戦は、一高の誰もが認めずにはいられないものだった。

「ううん。凄《すご》かったよ」

「そう？　ありがと」

「呼び止めてゴメンね。それだけ言いたかったんだ」

そう言って維慶《いちか》は「じゃあ」と遠ざかっていった。

正直、放っておけない気がしたが、然《さ》りとて何を話せば良いのか分からず、結局茉莉花《まりか》は維《い》慶《ちか》を引き止められなかった。

祝勝会が終わった時、レストランに維慶《いちか》の姿は無かった。

彼女が一人で家に帰ったと茉莉花《まりか》が知ったのは翌朝のことだった。

【8】九校戦閉幕

アリサと茉莉花《まりか》の九校戦は終わった。

翌日、九校戦九日目は本戦に戻り、その日はアイス・ピラーズ・ブレイクの男女ソロ、ペアの決勝が行われた。

ここでは女子ソロの千香《ちか》が優勝を飾り、男子ソロでは勇人《ゆうと》が圧倒的な試合展開で圧勝して十師族《じゅっしぞく》の実力を見せ付けた。

この時点で一高は総合順位トップに立った。

しかし十日目のミラージ・バット、十日目及び十一日目に行われたモノリス・コードでどちらも三高の後塵《こうじん》を拝する形の二位に終わる。その結果、総合順位は三高が一位、一高は二位に終わった。

一高は五大会連続で続いた王座を譲り渡すことになった。

◇　◇　◇

表彰式の時間、貴賓室では権力者による品定めが行われていた。

「先生。お眼鏡に適《かな》った若者はおりましたか？」

真夏にも拘《かか》わらずスリーピースにネクタイを締めた初老の男性が、元老員《げんろういん》の矢間渡道具《やまとみちとも》に阿《おもね》る口調で訊《たず》ねる。

「そうですね……。数字付き《ナンバーズ》ではない無名の家の者に期待できそうな若者がいました。これは大きな収獲と言えるでしょう」

矢間渡《やまと》は少し考えてから、こう答えを返した。

「無名の家ですか？　例えばどの学校の生徒でしょうか」

「そうですね。一高に多かったように思います」

「一高で無名の家と仰《おつしや》いますと……火狩浄偉《かがりじようい》、唐橘役《からたちばなまもる》、それに遠上茉莉花《とおかみまりか》あたりでしょうか。いずれも一年生ですが」

「ええ、その三人は特に期待できそうです」

「先生。その者たちの素性ですが」

ここで別の男性が口を挿《はさ》む。彼もやはり、真夏には相応《ふさわ》しくないフォーマルな格好をしていた。

「火狩浄偉《かがりじようい》は『エレメンツ』の者でした。親は永臣家《ながとみけ》に仕えております」

「トウホウ技産の永臣家《ながとみけ》ですか」

「然様《さよう》でございます」

「ふむ……」

矢間渡《やまと》が少し考え込む。

周りの男たちは彼の思考が一段落するまで無言で控えていた。

「それで？」

矢間渡《やまと》のセリフは次の催促だ。それを理解できないような気が利かない者は、この場にいない。矢間渡《やまと》と――元老員《げんろういん》と同席する資格が与えられない。

「遠上茉莉花《とおかみまりか》は数字落ち《エクストラ》です」

「遠上《とおかみ》ということは……『十』の？」

「ご明察、畏れ入ります」

男が深く一礼する
「そうですか。数字落ち《エクストラ》……。女性ではありますが、我々の目的には都合が良《い》いかもしれませんね」

「仰《おっしゃ》るとおりかと存じます」

相槌《あいづち》を打ったこの男は、後に茉莉花《まりか》が四大老《しだいろう》・安西勲夫《あんざいいさお》のお手付きだと判明して失脚する。矢間渡《やまと》に恥を掻《か》かせたという理由で。――良くある話だった。

「唐橘役《からたちばなまもる》は第一世代です。両親共に特段のしがらみもなく、従えるには手頃でございましょう」

「無理強いはなりませんよ」

矢間渡《やまと》が形だけたしなめる。

「しかし、一高は人材が豊富ですね」

そして漏らした言葉は、軽い疑問を呈したものだった。

「やはり首都にあり魔法大学も近いからでございましょう。関東だけでなく、他の地方からも受験生が集まって参ります」

矢間渡《やまと》の疑問が聞き逃されることはなかった。彼は忠犬の気働きに満足げな笑みを浮かべた。

◇◇◇

表彰式の後は、夜にパーティーが行われる。しかしまだ、少しの時間があった。

九校戦の宿泊に使われているホテルは軍の高官も利用する施設だ。この期間中は例外的に魔法科高校関係者に利用が許可されているが、それでも立ち入ってはならない区画も存在する。

しかし第一高校二年生の誘酔早馬《いざよいそうま》は、その部外者が入れないはずのフロアを歩いていた。一人で、ではない。三十代の、スカートスーツ姿の女性と一緒だ。理知的で鋭い雰囲気。防衛省の女性官僚だろうか。

早馬《そうま》とその女性は誰ともすれ違うことなく廊下を進み、ある部屋の前で立ち止まった。女性がノックをすると、内側からドアが開かれた。

扉を開けたのは五十代前半と思われるダークスーツの男性だった。

早馬《そうま》は彼に会釈《えしゃく》して部屋に入る。

そこには第一高校職員、紀藤友彦《きとうともひこ》が待っていた。

ダークスーツの男性が紀藤《きとう》の向かい側に、スカートスーツの女性がその隣に腰を下ろす。

早馬《そうま》は紀藤《きとう》の隣に座った。

「熊谷《くまがい》さん。本日の招集はどのような御用件でしょうか」

早馬《そうま》がダークスーツの男性、熊谷《くまがい》に訊《たず》ねる。その口調は丁寧だが謙ってはいない。むしろ対等《たいとう》の同輩に話し掛けているようなものだった。

「先程の試合は良《よ》い加減でした」

熊谷《くまがい》はモノリス・コード最終戦、対三高戦での早馬《そうま》の手加減を褒めた。

「御前にはそのようにお伝えします」

「恐縮です」

あの試合、不自然に見えないよう態《わざ》と負けるのに早馬《そうま》は結構苦労した。だから「良《よ》い加減」の一言で済ませられるのはいささか不本意だったが、彼はその気持ちを表に出さず殊勝に頭を下げた。

熊谷《くまがい》は四大老《しだいろう》・安西勲夫《あんざいいさお》の側仕《そばづか》えだ。早馬《そうま》や紀藤《きとう》のような実戦要員と主の安西《あんざい》をつなぐ役目を与えられている。

実際に働いているのは自分たちだという思いがある早馬《そうま》にとっては好意的になれない相手だが、不用意な態度は見せられない相手でもあった。――なおスーツの女性、鈴里《すずり》も同じ役目を担《にな》っているが、彼女に対しては、早馬《そうま》はそれほど反感を懐《いだ》いていない。

「紀藤《きとう》さん」

熊谷《くまがい》は早馬《そうま》に何も応えず紀藤《きとう》に目を向けた。顔を上げた早馬《そうま》の表情を窺《うかが》いもしなかった。

「矢間渡《やまと》先生が遠上茉莉花《とおかみまりか》に手を伸ばす可能性があります。必要とあらば排除してください」

そして手早く、用件を伝える。

「排除とは、どの程度まで？」

紀藤《きとう》の反応も、愛想《あいそ》がなかった。

「その判断はお任せします」

熊谷《くまがい》は何処《どこ》までも事務的な態度を貫く。

「誘酔《いざよい》さんも矢間渡《やまと》先生一派の動きには注意してください」

それまで黙っていた鈴里《すずり》が早馬《そうま》に話し掛ける。彼女の口調は熊谷《くまがい》に比べれば人間的だった。

「分かりました。まあ、矢間渡《やまと》先生も十文字家《じゅうもんじけ》に手出しはされないと思いますが」

砕けた口調で応えた早馬《そうま》に、鈴里《すずり》も「そうですね」と言いながら少し口角を上げる。

鈴里《すずり》が美女であるという事実よりも、こういうところが早馬《そうま》にとっては熊谷《くまがい》と違う点なのかもしれなかった。

◇◇◇

パーティーは夜七時に始まった。この閉幕パーティーには、開幕前のパーティーと違って偉い大人は顔を出さない。生徒だけの気楽なものだ。各校の選手も約二週間前のパーティーとは打って変わってリラックスしていた。学校の垣根を越えた交流も積極的に行われている。

「あっ、一条《いちじょう》さん」「あっ、遠上《とおかみ》さん」

ビュッフェスタイルで料理が並べられたカウンターの前をウロウロしていた茉莉花《まりか》と茜《あかね》が、お互いの姿を認めて同時に声を上げた。

「優勝おめでとう。やっぱり強いね」

「ありがとう。でも運が良かっただけだよ」

茉莉花《まりか》が祝辞を述べ、茜《あかね》が謙遜する。ある意味、型どおりの遣《や》り取《と》りだが二人はどちらも本気だった。

「運なんて言い出したらきりが無いよ。今回はあたしが一点差で負けた。それだけが事実。そうじゃない？」

「……そうだね」

ただ水掛け論にはならなかった。茉莉花《まりか》の指摘は、茜《あかね》にも異論の余地が無かった。

「それより月末の大会、出るんでしょ？」

月末の大会というのは、マーシャル・マジック・アーツの全国大会のこと。主催は『日本マーシャル・マジック・アーツ協会』で、選手の出場資格は十八歳以下という年齢制限のみだ。魔法科高校の生徒に限定されていない。

彼女たち二人にとっては、おそらく九校戦よりも重要な大会だ。

「もちろん。遠上《とおかみ》さん、あたしと当たるまで負けないでよ」

「そっちこそ。良《い》い試合をしたいね」

そう言って二人はがっちりと握手する——かと周りで見ていた者は皆思ったが、二人は手を差し出す代わりに「じゃあ、またね」と手を振った。

茉莉花《まりか》が先にその場を離れる。彼女は肉料理のゾーンも魚料理のゾーンも通り過ぎて、ピザとパスタの前で足を止めた。

「——握手するかと思った」

トングを右手に、取り皿を左手に持った茉莉花《まりか》にアリサが小声で話し掛ける。

「聞こえなかったか」と思い「まあ良《い》いか」とアリサが考えた、その時になって、茉莉花《まりか》がポツリと呟《つぶや》いた。

返事は無い。

「……恥ずかしいじゃん」

「えっ？」

アリサが訊《き》き返したのは聞こえなかったからでも聞こえなかった振りでもなく、聞き間違えかと思ったからだ。

「だって……恥ずかしいじゃん。何か、凄《すご》く注目されてたし」

良く見れば茉莉花《まりか》の頬が薄らと赤くなっている。

「あそこで握手したら、何だか拍手でもされそうな雰囲気だったし」

「ミーナ、可愛《かわい》い」

思わず零《こぼ》したアリサの正直な感想に、「や、止めてよ」と茉莉花《まりか》は恥ずかしそうに小さな、小さな声で抗議する。

彼女の頬は、ますます赤みを増していた。

あとがき

『キグナスの乙女たち』第四巻をお届けしました。お楽しみいただけましたでしょうか。

今回は九校戦が舞台でしたのでヒロインズの二人だけでなく、他の生徒にも活躍してもらいました。レギュラーだけでなく、名前付きのゲストキャラも活躍（?）しています。

こういう登場人物が多いストーリーだと、ゲストキャラの名前を考えるのが大変です。魔法《まほう》科《か》高校生《こうこうせい》はなるべく法師や陰陽師《おんみょうじ》や忍者、オカルト的な伝説に関係がありそうな名前を参考にしているのですが、今回はネタ切れです。

ゲストキャラの一人『田原秀気《たわらひでき》』は苗字《みょうじ》を「たはら」ではなく「たわら」と読ませているところからピンときた方もいらっしゃるかもしれません。平将門《たいらのまさかど》を討伐し、大百足《むかで》を退治したという伝説も持つ『俵藤太《たわらのとうた》・藤原秀郷《ふじわらのひでさと》』を参考にした名前です。こちらは一応、オカルトな伝説の持ち主ですので命名の自分ルール内に収まっています。

しかし『十九側維慶《とくがわいちか》』は完全な苦し紛れです。元ネタは『徳川慶喜《とくがわよしのぶ》』ですから。数字付き《ナンバーズ》に使えそうな語呂の苗字《みょうじ》を探して、『徳川《とくがわ》』に『十九側《とくがわ》』の漢字を当てただけです。何故《なぜ》第十五代将軍を使ったかと言えば、深い意味はありません。「家」が付く名前だとあからさますぎるのでは？　というただそれだけの理由です。

もっとも、それを言い出すと数字付き《ナンバーズ》は「単に数字が入っているだけ」の苗字《みょうじ》の方が多いのですが。

相変わらず陰謀とは縁が切れない九校戦ですが、今回は前シリーズの『九校戦編』や『スティープルチェース編』に比べれば随分平和な顛末《てんまつ》となりました。メインキャラの、人徳の差でしょうか。前シリーズの主人公は余りにも多くの罪を重ねすぎていますからね……。

今回は九校戦だけでちょうど良《い》いサイズに収まったので、この後に入れようと思っていた「水着回」は次の巻に回そうと思います。この第四巻でも三高勢の水着が少しだけ登場しているのですが、あれでは物足りないですよね？　そうは思われませんか？

さて次巻ですが……、申し訳ございません。未定です。このシリーズにもそろそろ前シリーズのメインキャラを絡《から》ませようかと思っているのですが、その為《ため》には少々仕込みが必要です。考えていることはあるのですが、作品としてお届けできるかどうかはまだ分かりません。もし上手《うま》く行かなければ第五巻は「楽しい夏休み編」とでも呼べるものになると思います。

それでは今回はこの辺で。

ここまでお付き合いくださり、ありがとうございました。

（佐島《さとう》　勤《つとむ》）

◉佐島　勤著作リスト

「魔法科高校の劣等生①〜㉜」（電撃文庫）
「魔法科高校の劣等生SS」（同）
「魔法科高校の劣等生　Appendix①」（同）
「続・魔法科高校の劣等生　メイジアン・カンパニー①〜④」（同）
「新・魔法科高校の劣等生　キグナスの乙女たち①〜④」（同）
「魔法科高校の劣等生　司波達也暗殺計画①〜③」（同）
「ドウルマスターズ1〜5」（同）
「魔人執行官《デモーニック・マーシャル》　インスタント・ウィッチ」（同）
「魔人執行官《デモーニック・マーシャル》2　リベル・エンジェル」（同）
「魔人執行官《デモーニック・マーシャル》3　スピリチュアル・エッセンス」（同）

本書に対するご意見、ご感想をお寄せください。

ファンレターあて先
〒 102-8177　東京都千代田区富士見 2-13-3
電撃文庫編集部
「佐島 勤先生」係
「石田可奈先生」係

本書は書き下ろしです。

電撃文庫

新《しん》・魔法科高校《まほうかこうこう》の劣等生《れっとうせい》
キグナスの乙女《おとめ》たち④

佐島《さとう》 勤《つとむ》

2022年8月10日　初版発行

発行者　青柳昌行
発行　株式会社KADOKAWA
〒102-8177　東京都千代田区富士見2-13-3
0570-002-301（ナビダイヤル）
装丁者　荻窪裕司（META＋MANIERA）
印刷　株式会社暁印刷
製本　株式会社暁印刷

ISBN978-4-04-914340-9　C0193　Printed in Japan

電撃文庫　https://dengekibunko.jp/

電撃文庫創刊に際して

文庫は、我が国にとどまらず、世界の書籍の流れのなかで〝小さな巨人〟としての地位を築いてきた。古今東西の名著を、廉価で手に入りやすい形で提供してきたからこそ、人は文庫を自分の師として、また青春の想い出として、語りついできたのである。

その源を、文化的にはドイツのレクラム文庫に求めるにせよ、規模の上でイギリスのペンギンブックスに求めるにせよ、いま文庫は知識人の層の多様化に従って、ますますその意義を大きくしていると言ってよい。

文庫出版の意味するものは、激動の現代のみならず将来にわたって、大きくなることはあっても、小さくなることはないだろう。

「電撃文庫」は、そのように多様化した対象に応え、歴史に耐えうる作品を収録するのはもちろん、新しい世紀を迎えるにあたって、既成の枠をこえる新鮮で強烈なアイ・オープナーたりたい。

その特異さ故に、この存在は、かつて文庫がはじめて出版世界に登場したときと、同じ戸惑いを読書人に与えるかもしれない。

しかし、〈Changing Times,Changing Publishing〉時代は変わって、出版も変わる。時を重ねるなかで、精神の糧として、心の一隅を占めるものとして、次なる文化の担い手の若者たちに確かな評価を得られると信じて、ここに「電撃文庫」を出版する。

1993年6月10日

角川歴彦

電撃文庫DIGEST　8月の新刊　発売日2022年8月10日

魔王学院の不適合者12〈上〉 ~史上最強の魔王の始祖、転生して子孫たちの学校へ通う~ 著／秋　イラスト／しずまよしのり	世界の外側《銀水聖海》へ進出したアノス達。ミリティア世界を襲った一派《幻獣機関》と接触を果たすが、突然の異変がイザベラを襲う——第十二章《災淵世界》編、開幕!!
新作 **魔法史に載らない偉人** ~無益な研究だと魔法省を解雇されたため、新魔法の権利は独占だった~ 著／秋　イラスト／にもし	優れた魔導師だが「学位がない」という理由で魔法省を解雇されたアイン。直後に魔法史を揺るがす新魔法を完成させた彼は、その権利を独占することに——。『魔王学院の不適合者』の秋が贈る痛快魔法学ファンタジー！
男女の友情は成立する？（いや、しないっ!!） Flag 5.じゃあ、まだ30になってないけどアタシにしとこ？ 著／七菜なな　イラスト／Parum	東京で新たな仲間と出会い、クリエイターとしての現在地を知った悠宇。しかし充実した旅の代償は大きくて……。日葵と凛音への嘘と罪に向き合う覚悟を決めた悠宇だったが——１枚の写真がきっかけで予想外の展開に？
新・魔法科高校の劣等生 **キグナスの乙女たち④** 著／佐島 勤　イラスト／石田可奈	『九校戦』。全国の魔法科高校生が集い、熾烈な魔法勝負が繰り広げられる夢の舞台。一高の大会六連覇のために、アリサや茉莉花も練習に励んでいた。全国九つの魔法科高校が優勝という栄光を目指し、激突する！
エロマンガ先生⑬ エロマンガフェスティバル 著／伏見つかさ　イラスト／かんざきひろ	マサムネと紗霧。二人の夢が叶う日が、ついにやってきた。二人が手掛けた作品のアニメが放送される春。外に出られるようになった紗霧の生活は、公私共に変わり始める。——兄妹創作ラブコメ、ついに完結！
新説 狼と香辛料 **狼と羊皮紙Ⅷ** 著／支倉凍砂　イラスト／文倉 十	いがみ合う二人の王子を馬上槍試合をもって仲裁したコル。そして聖典印刷の計画を進めるために、資材と人材を求めて大学都市へと向かう。だがそこで二人は、教科書を巡る学生同士の争いに巻き込まれてしまい——!?
三角の距離は限りないゼロ8 著／岬 鷺宮　イラスト／Hiten	二重人格の終わり。それは秋玻／春珂、どちらかの人格の消滅を意味していた。「「矢野君が選んでくれた方が残ります」」彼女たちのルーツを辿る逃避行の果て、僕らが見つけた答えとは——。
この△《さんかく》ラブコメは幸せになる義務がある。2 著／榛名千紘　イラスト／てつぶた	生徒会長選挙に出馬する麗良、その応援演説に天馬は凛華を推薦する。しかし、ポンコツ凛華はやっぱり天馬を三角関係に巻き込んで……!?　もっとも幸せな三角関係ラブコメ、今度は麗良の「秘密」に迫る!?
エンド・オブ・アルカディア2 著／蒼井祐人　イラスト／GreeN	《アルカディア》の破壊から２ヶ月。秋人とフィリアたちは慣れないながらも手を取り合い、今日を生きるための食料調達や基地を襲う自律兵器の迎撃に追われていた。そんな中、原因不明の病に倒れる仲間が続出し——。
楽園ノイズ5 著／杉井 光　イラスト／春夏冬ゆう	『一年生編完結』——高校1年生の締めくくりに、ライブハウス『ムーンエコー』のライブスペースで伽耶の中学卒業を記念したこけら落とし配信を行うことに。もちろんホワイトデーのお返しに悩む真琴の話も収録！
隣のクーデレラを甘やかしたら、ウチの合鍵を渡すことになった4 著／雪仁　イラスト／かがちさく	夏臣とユイは交際を始め、季節も冬へと変わりつつあった。卒業後の進路も決める時期になり、二人は将来の姿を思い描く。そんな時、ユイの姉ソフィアが再び来日して、ユイと一緒にモデルをすると言い出して——
僕らは英雄になれるのだろうか2 著／鏡銀鉢　イラスト／motto	関東校と関西校の新入生による親善試合が今年も開催され、大和達は会場の奈良へと乗り込んだ。一同を待ち構えていたのは街中で突如襲来したアポリアと、それらを一瞬で蹴散らす実力者、関西校首席の炭黒亞墨だった。
新作 **チルドレン・オブ・リヴァイアサン** 怪物が生まれた日 著／新 八角　イラスト／白井鋭利	2022年、全ての海は怪物レヴィヤタンに支配されていた。民間の人型兵器パイロットとして働く高校生アシトは、ある日国連軍のエリート・ユアと出会う。海に囚われた少年と陸に嫌われた少女の運命が、今動き出す。

絶対ナル孤独者《アイソレータ》
THE ISOLATOR
realization of absolute solitude
「絶対的な、《孤独》を求める……
だから僕のコードネームは孤独者《アイソレータ》です」
Reki Kawahara
川原 礫
illustration»Simeji
イラスト◎シメジ
電撃文庫
『AW』と『SAO』に続く、川原礫の描く第3の物語！

第23回電撃小説大賞《大賞》受賞作!!
最終選考委員・編集部一同を唸らせたエンターテイメントノベルの真・決定版!
86
[EIGHTY SIX]
—エイティシックス—
The dead aren't in the field.
But they died there.
[著]
安里アサト
[イラスト]
しらび
[メカニックデザイン] I-IV
The number is the land which isn't
admitted in the country.
And they're also boys and girls
from the land.
ASATO ASATO PRESENTS
電撃文庫

フリーター魔王さまの庶民派ファンタジー!

世界征服間近だった魔王が、勇者に敗れて辿り着いた先は、異世界“東京”だった!?
六畳一間のアパートを仮の魔王城に、フリーターとして働く魔王の明日はどっちだ!!

電撃文庫